I0724562

B杜極短篇故事集（401～500）
（繁體字版）

A WORD TO THE WISE (TALES 401~500 IN TRADITIONAL CHINESE CHARACTERS)

B杜

Copyright © 2022 by B杜

All rights reserved.

No part of this book may be reproduced in any form or by any electronic or mechanical means, including information storage and retrieval systems, without written permission from the author, except for the use of brief quotations in a book review.

British Library Cataloguing-in-Publication Data. A CIP catalogue record for this book is available from the British Library.

ISBN 978-1-913080-89-1 (ebook)
ISBN 978-1-913080-88-4 (print)

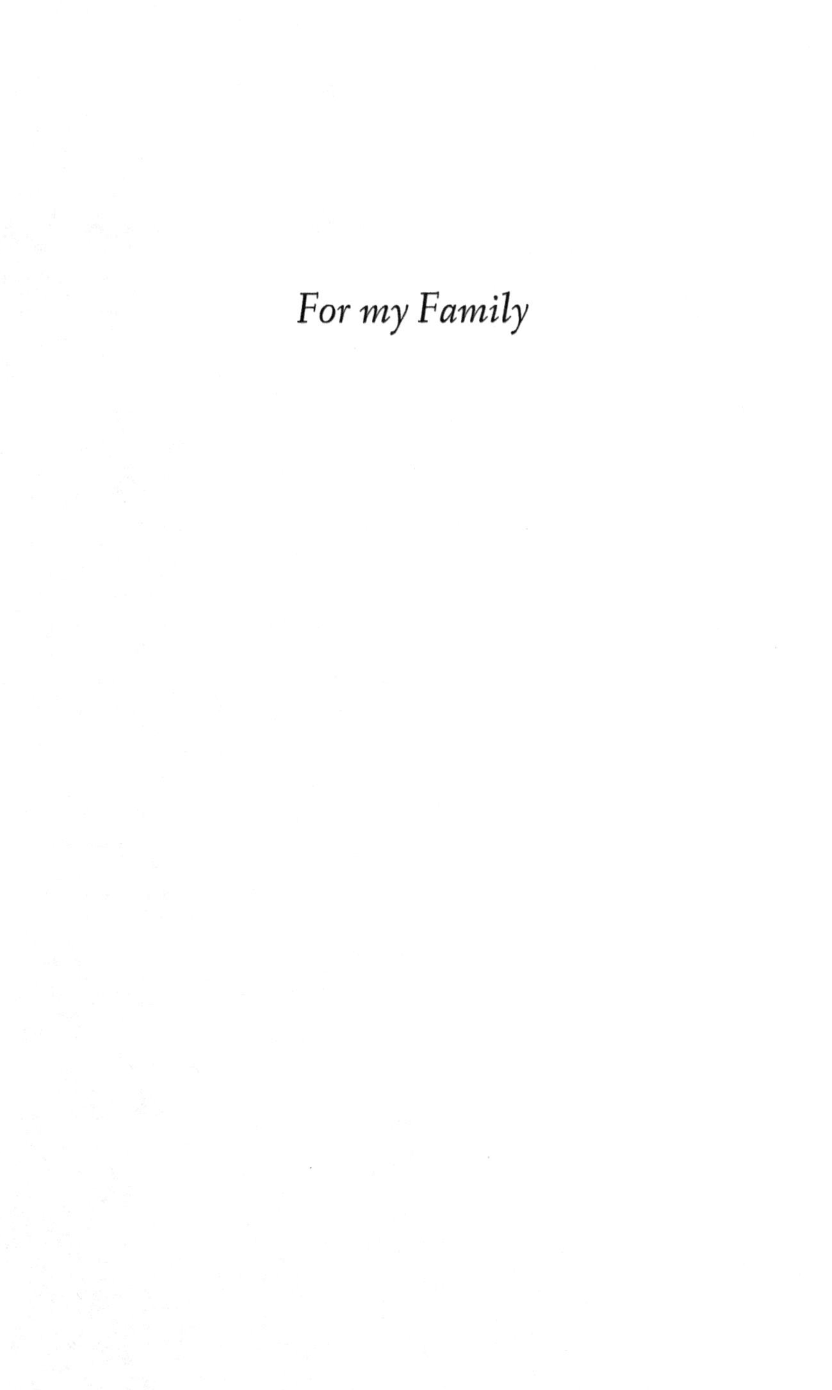

For my Family

（401）

2026年5月18日，鷹醬國的資深特工Alex得到一項緊急任務，負責攜帶一個50毫升的瓶子飛到長城國的首都。

“然後呢？”Alex問。

“然後等待指令。”他的上級面色凝重，“記住了，瓶不離身，而且絕對、絕對不能打開。”

飛機後來順利抵達長城國的首都，不幸的是海關隨機抽中Alex進行隨身物品的檢查。

“這是什麼？”海關人員舉起一個小瓶子問。

“那是我的個人吉祥物，能保佑我一路平安。”

海關人員聞了聞瓶子，正想打開時，Alex說：“拜託別打開，妳一打開就不靈驗了。”

Alex是個美男，他一出聲央求，同時給出燦爛的笑臉，年近中年的女海關立刻被迷得神魂顛倒，沒打開就放行了。

拿回瓶子的Alex大鬆一口氣，他快步走出機場，結果還未坐上出租車就收到指令——把瓶子放在最繁華的大街上，然後即刻回國。

Alex很快就完成使命。

兩個月後，長城國首先出現疫情，感染的人數呈幾何級數增長，並且向他國擴散。各國紛紛指責長城國投毒及防疫不力，求償和制裁的呼聲甚囂塵上。

時間往前推到2026年5月17日，鷹醬國的生物實驗室出現病毒外洩事故。消息傳到總統府，總統連夜召開緊急會議，會議上決定找背鍋俠，而且動作得快，必須趕在本國出現疫情前……

（402）

老馬麵店開了近半個世紀，也算是半個百年老店，但火起來卻不是因為東西有多好吃，而是老馬的固執，好比麵做好後必須先喝一口湯、不另加配料（給錢也不加）、吃完即走等，但凡違反規定，輕則警告，重則趕人。

針對他的奇葩行徑，網上的評論褒貶不一，但老馬一律不予理會。

說起老馬這個人，他也曾平易近人、和氣生財過，但隨著年齡漸長，他越來越不想委屈自己，放開本性的結果便是錢賺少了，但他開心多了，因為每天來店裡吃麵的都是同路人（也是，非同路人已經被他趕跑了）。

本來老馬對於他人的批評和建議已經無動於衷，但某天聽店裡的客人提起網上有人調侃他的"老馬麵店"應該改為"固執老頭麵店"時，內心還是起了漣漪。

次日，他差人將招牌換了。

有人問他為什麼這次不固執了？他答："看到這個招牌還願意走進來，可見是我的同路人，為了能更精準地找到顧客，這點兒改變是值得的。"

（403）

相傳2800年前，撒丁島上的腓尼基人相繼死去，死時面帶微笑，很久以後才得知是藏紅花色水芹惹的禍，它含有神經毒素，說是"微笑死亡"，其實更像是"面癱"，那種笑容讓人不寒而慄，帶著一絲恐怖氣息。

何博士感到奇怪，怎麼會有人生吃這種長在水裡的植物，而且接二連三？

帶著這個疑問，她飛向撒丁島。

"這就是藏紅花色水芹。"當地研究員指著池塘裡的花說。

"看起來很像粉色蓮花。"何博士答。

「是的，如果不是漂亮又帶香味，大概不會有人想採摘，從而釀成悲劇。」

「我能帶一株回去做研究嗎？」

當地研究員回答可以，但請小心，絕對不能食用。

何博士笑了，這是想當然爾的事，何需叮囑？

一株致命植物就這麼被何博士千里迢迢給帶回來，現在就躺在實驗室的操作檯上，香味四溢，很是誘人。

「傳說它的根部有甜味，這是真的嗎？」何博士邊想邊拿起植物的根部一聞，「哇！好香甜的味道。」

然後不可思議的一幕出現了，何博士扳下一小塊根部放進嘴裡咀嚼。

「嗯！沒錯，是甜的。」她答。

下午三點，莫北趕到五星級酒店的附設咖啡廳。

"不好意思，與委託人多聊了會兒，所以遲到了。"他氣喘吁吁地說。

"呵呵！我這個兄弟永遠把事業擺第一，所以找他打官司的人絡繹不絕，忙都忙不過來。"一個油頭粉面的男人對身旁的女人解釋。

那女人看起來謹小慎微，她打量一下莫北後，問："你是哪個律師事務所的？"

"長安律師事務所。"莫北把全身上下的口袋都翻找了一遍，"抱歉！今天忘了帶名片。"

“沒關係，長安律師事務所很有名氣，我回去查一查就知道。”

“查什麼？”莫北勃然大怒，“難道妳不信任我？”

那個女人被他的氣勢給嚇到了，支支吾吾地解釋不是這個意思，而是老吳經常跟她撒謊，所以有點兒不敢相信他會有個律師朋友……

“嫂子，”莫北換了臉色，“我和吳玄從小一塊兒長大，知根知底，他這個人……記性是差了點兒，但人不壞，值得託付終身。”

有了律師的“背書”，這個女人終於釋懷，高高興興地和她的男人走了。

莫北沒有跟著離去，而是又叫了杯咖啡。當他邊飲咖啡邊享受浮生半日閒時，有人匯了四千元給他，轉賬說明上寫著：我的名字叫吳眩，四聲Hsuan，不是二聲Hsuan。

（405）

某天，Paco閒來無事逛超市，一不小心把一顆草莓撞落至地面。他拾起後，發現撞壞了，看四下無人，便把嘴裡的口香糖吐出來，粘住草莓的缺口。

你若問Paco為何要如此做，他也說不出個所以然。

那顆草莓後來被一個容易緊張的媽媽給買走了，可想而知，屁大點兒的事兒立刻成了不可饒恕的罪行，幾天後竟衝上新聞頭條。

"監控顯示那顆粘上口香糖的草莓是你幹的。"警察對Paco說。

“ 我承認是我幹的，但草莓裡藏鼻屎可不關我的事。” 他答。

這是真的，當Paco得知有人將“罪行”進一步升級時，也曾大吃一驚。

“ 為什麼會有人幹這種缺德事？” 警察喃喃道。

“ 這我哪知道？”

警察口頭訓斥他的不當行為後放行。

捱罵過後，Paco漫無目的地走在街道上，越走越覺得無趣，不行，得找點兒樂子才行，於是他回家拿了兩根縫衣針，然後匆匆趕往超市……

靠著走後門，黃老闆把自己那碌碌無為的兒子送進了重點高中。東窗事發後，黃老闆面對鏡頭頻頻道歉，把責任通通攬在身上。

有人說黃老闆傻，這下子賠了夫人又折兵。

話說得沒錯，但當無恥和無能只能選一個時，黃老闆毫不猶豫便選擇無恥，這勝過自己的兒子被當成無能。

說到底，他是一位好父親！

（407）

魏星辰在校時曾是一名文藝女青年，對愛情懷有不切實際的幻想，然而隨著年紀漸長，加上身處異國的孤獨，她不得不自降標準，史春安就是這麼走進她的世界。

"我開了一家餐廳，生意不錯，溫飽絕對不成問題。"他說。

"我最討厭做家務，煮菜更是不行，所以別期望將來我會當你的幫手。"

"哈！娶老婆又不是娶幫傭，我負責養家，妳則負責貌美如花。"

就這樣，兩個在異國打拼的人開始搭夥過日子，只是沒多久便傳來壞消息——魏星辰被公司解僱了。

「這樣也好，餐廳忙不過來，妳來幫忙正好。」她的老公說。

史春安對外和對內皆說自己開了一家餐廳，其實就是個中式外賣店，店內了不起有一張靠牆的長條桌，可供3人同時坐下來用餐。

「你說過娶老婆不是娶幫傭，怎麼現在食言了？」魏星辰很不滿地說。

「那好吧！只是少了一份收入，生活水平肯定會下降不少。」

魏星辰也知道，所以加緊找工作，可惜天不從人願，她最後不得不到店裡幫忙，好辭退已在"餐廳"工作數年的老員工。

每天處在油煙裡，魏星辰的鬱悶可想而知，而更讓她氣結的是史春安那個混小子竟然打算把女兒接過來撫養。

「你不是說孩子的撫養權歸前妻嗎？」魏星辰質問。

「沒錯，但閨女的成績不好，若待在國內，連個三本大學都上不了。」

「那不關我們的事。」

由於魏星辰擺明了不接受，史春安便不再提。原以為這件事翻篇了，沒想到隔年春天的某個夜裡，一名又黑又瘦的女孩被帶進門，給了女主人一個措手不及。

魏星辰氣不打一處來，當場便和老公吵起來，但吵贏了又如何？依舊改變不了生米已經煮成熟飯的事實，除非把孩子轟出門（這個有風險，史春安已是孩子的監護人，如果照顧不周，可能身陷囹圄）。

本來生活的重擔已經夠讓人身心俱疲，現在又被迫當起"後媽"，魏星辰的苦悶無處訴說，每天像行屍走肉般地活著……

"這就是妳把史燕竹推入海裡的原因？"法官問。

"不是，史燕竹只是個孩子，我對她沒那麼大的惡意，而是生活。"

"生活？"

"生活欺騙了我，我一直想過得好，可是卻越過越差，我心想如果史燕竹不在了，生活應該會待我好一點兒。"

由於文化差異，法官以為"生活"是個人名，於是要求將"生活"列入證人，下次開庭時傳喚他。

魏星辰聽聞後，一會兒笑一會兒哭，最後決定大哭一場，為什麼不呢？反正生活已經如此糟糕，不會再壞了。

（408）

封控國下達一道命令——所有人都套上腳鏈。

"憑什麼？依據的是哪條法律法規？"有人問起。

政府給的答覆是如果每個人都套上腳鏈，犯罪份子便逃脫不易，為了保護全國人民的生命和財產安全，犧牲小我有其必要性。

縱使反對者言之鑿鑿，但抵不過大多數的支持者，於是在沒有任何法律法規的情況下，封控國的國民都套上了腳鏈……

"嘿！妳的腳鏈怎麼有朵花？"瑪雅問。

"我畫的。"芬妮答。

"好漂亮！能不能也幫我畫？"

"可以，不過得收費。"

"那有什麼問題？"

從此，封控國又多了一批手藝人，他們不僅會在腳鏈上留下精美的圖案，還能製作各種裝飾物。久而久之，大家已經忘了腳鏈所帶來的束縛，反而開始追求時尚的腳鏈......

這才是封控的最高境界！

某天，心情鬱悶的小霜在社交平臺上留言：“賣掉所有，有人出價嗎？”

才一會兒工夫，她就收到數十封私信，有的開門見山；有的欲蓋彌彰；有的直接開罵。

小霜本來不想理會，但其中一封引起了她的注意，那人寫道：“一百萬元，老地方見。”

這八個字像八個火球，日夜燃燒著小霜，最後她還是赴約了。

“把衣服脫了，上床！”那人命令著。

小霜照做。

完事後，那人說：〝妳帶給我的傷害，我若想求償，起碼也得一百萬元，就當互不相欠吧！〞

〝好的。〞

走出大樓，小霜往上一瞧，那個熟悉的窗口曾經晃過一個人影，但很快消失。

回家後，小霜把原來的那則留言删了，另外上傳新留言：〝心碎了，有人補嗎？代價不計。〞

才一會兒工夫，她就收到數十封私信，有的開門見山；有的欲蓋彌彰；有的直接開罵。

小霜本來不想理會，但其中一封引起了她的注意，那人寫道：〝一百萬元，老地方見。〞

（410）

湯姆在野外撿到一隻剛出生沒多久的小奶狼，他把它帶回部隊。本來還有點兒擔心這個小傢伙會被排斥，沒想到受到極大的歡迎，兄弟們輪流照料它，鉅細靡遺。

光陰似箭，日月如梭，小奶狼在愛的氛圍裡漸漸長成一匹成年狼，由於伙食極佳，加上每天跟著部隊出操，它的肌肉結實且擁有一定的攻擊技能。

這一天，部隊接到轉移陣地的命令，湯姆遂問團長能否帶上"團狼"？得到否定的答案後，他悶悶不樂了一下午。

"你怎麼了？"有兄弟問起。

湯姆據實以告，並且說出自己的計劃。

大夥兒聽完後，全陷入沈默，那樣子像
是如喪考妣。

隔天，這群愛心天使輪番抓起傢伙攻擊
狼。剛開始，狼以為是玩耍，漸漸地也
聞出了不對勁，怎麼平常愛它的人類一
夜之間全成了惡魔？

慌亂之中，傷痕累累的狼倉皇而逃。

夜裡，狼想起自己曾經的"朋友"，又偷
偷跑回部隊，結果被揍得更慘。幾番試
探之後，狼徹底絕望，它懷著一顆破碎
的心走進森林，發誓再也不接近人類……

（411）

在這所大學裡，李睿辰被當成了渣男，理由是始亂終棄。他覺得很無辜，自己明明對交友很慎重，怎麼就背負罵名？

這一天，李睿辰到食堂吃飯，發現坐在對面的女生很順眼，於是問了句："妳什麼系的？"

"中文。"她答。

"難怪有股優雅的氣質。"

她冷笑一聲，然後看向他，一字一句慢慢地吐出來："李睿辰，國貿系，始亂終棄的渣男。"

李睿辰的心喀噔了一下，怎麼那點兒破事已經"壞事傳千里"了？

"其實大家都誤會我了，我對感情向來不隨便也不將就，不知流言打哪兒來的？"

女生答這不是流言，被他傷害過的女人正是她的同班同學。

此時李睿辰的腦海裡閃過很多張女孩的臉孔，他記不得當中是否有中文系？

"要不要我再多給你一點兒提示，好幫助你恢復記憶？"女生問。

"不需要，事情過去就過去了，我不辯解。"他站起身來，"請慢用。"

結果走出食堂時，那女生追了上來，問："我是不是傷到你了？"

李睿辰否認，然後女生問他想不想喝奶茶？她請客！

堂堂男子漢怎能讓女生請客？於是他們一同走向小賣部，最後由李睿辰買單。當喝完奶茶時，彼此又約了晚上看電影。

就這麼相處約三個禮拜後，李睿辰提出分手，因為他發現這個女生與他的"標準"尚有一段距離。

"渣男！"女生哭喊著，"你果然又始亂終棄。"

這話真不知該從何說起，人總要交往一陣子才會知道合不合適，不是嗎？

由於這個女生又吵又鬧，有男生看不下去，給了李睿辰忠告："你的毛病出在太快分手，拖個一、兩年，搞不好女生受不了你，自己先提分手，如此一來便能全身而退。"

"那可不成，不合適還拖著人家，這才是渣男！"李睿辰說。

然後不是渣男的李睿辰繼續背負渣男的罵名，而成千上萬個渣男卻毫髮未損。

（412）

林小旭五歲學琴，十歲便已拿到鋼琴 10 級證書，此後過五關斬六將，參加過大大小小的比賽，也獲得了很多榮譽，可是一到就業市場，他發現自己的選擇不外教學，這與當初的夢想相距甚遠，早知如此，倒不如走尋常路，也許更輕鬆些。

想到自己的不如意，他打開琴蓋彈起貝多芬的《命運》鋼琴曲，當按下最後一個音鍵時，他的心情好多了。

也許林小旭此生都無法實現當初的夢想（成為國際知名的鋼琴家，每天忙著巡迴演出，名利雙收），但他有了排憂的法子，如果把這個算進去，好像還不太虧。

寫了十餘年的小說，姜濤終於迎來高光時刻，他的新作《大俠李彎》賣出百萬冊，出版社社長笑得合不攏嘴，立刻請他到社裡喝茶。

"姜兄，趁著形勢大好，你得趕緊出新書。"社長說。

姜濤原來寫科幻小說，一直不溫不火，沒想到改寫武俠小說反而大熱，真是始料未及。

"會的，我正在醞釀，預估兩年能完稿。"他答。

"兩年？"社長提高音量，"兩年都能改朝換代了，誰還認識你？"

“要不⋯⋯一年？”

社長認為一年還是太長，最好三個月能出。

姜濤立即回答不可能，寫作不像塗鴉，隨便畫幾筆就能交差。

“我反正把話撂下，一年後你誰也不是，又重回無名小卒的狀態。”

聽社長這麼一說，姜濤的心七上八下，他已經當“無名小卒”很久了，過程實在太難熬，他不想再經歷一次。

於是三個月一到，姜濤及時上繳新作《明日天涯》，直到得到普遍的認可和讚揚，他才放下心來。

誰能想到正是這本書讓他栽了跟頭——數年後他被一位律師給告上法庭，理由是《明日天涯》與他青少年時期所寫的小說《鴛鴦蝴蝶劍》多有雷同。

姜濤當然否認，但面對“鐵證如山”，最後也只能低頭認錯。

這下子姜濤的口碑壞了，他的作品再也無人問津，只能暗自退出文化界。

你若問他後不後悔？他當然後悔，“借鑑和致敬”了那麼多本，偏偏就栽在這一本上，早知如此就該抄"耄耋之年"的作品，畢竟年輕人有太多的不確定性（誰能想到當年的農民之子日後會成為律師？），風險值實在太高了！

（414）

劉阿鸞離異後到大城市討生活，找來找去，感覺當住家保姆最合適，既管吃又管住，所有的收入都能存下來，再美不過！

通過家政公司的安排，她到徐教授家工作，平常就是打掃衛生兼煮三餐，同時推行動不便的僱主下樓活動，一個月能進賬八千元。

一年過去後，徐教授向劉阿鸞求婚，承諾百年後房子歸她，結果被拒。

抹不下臉來的徐教授怒火沖天，逢人便說劉阿鸞不識抬舉，一個鄉下婆娘能被高級知識份子看上已是莫大的恩澤，竟然還把送上門的福氣給擋在門外，簡直愚昧不堪！

劉阿鸞不置一語，當天便辭了工。結果徐教授又舔著臉把她求回來，並且主動將月工資提高至一萬塊。

十幾年過去後，徐教授駕鶴西去，他的兒女上門跟劉阿鸞結清工資，另外又多給了一個月的薪水，藉以感謝她多年來的辛勞。

如果當年接受徐教授的求婚，劉阿鸞不僅沒有了月收入，到頭來還得跟他的兒女爭房產，這才是愚蠢至極！

"跟徐教授結婚，妳好歹能有大城市的戶口。"有人提起。

"這幾年賺的，我都拿來買房，怎麼說也是個包租婆了，我還稀罕那玩意兒？"劉阿鸞答。

（415）

昨晚楊老師在群裡特別叮囑張豐易的父母檢查孩子的作業，今日一看，十道數學題錯了三題，明顯失職。

楊老師氣炸了，在課堂上點名張父和張母，言明哪天張豐易若廢了，絕對是這兩人的過錯。

這段"義正辭嚴"的談話被某個"手賤"的學生給錄下，並且發到網上去。

一開始，輿論站在老師這一邊，認為如此認真的老師值得表揚。漸漸的，風向轉了，張豐易的父母得到越來越多年輕人的支持，因為批改作業本來就是老師的工作，如果助長歪風，以後誰還敢生孩子 ？

鑑於提高出生率乃目前政策的重中之重，楊老師被點名批評了。

此後，楊老師像變了個人似的，不再動不動就發脾氣，給的功課量也大幅度減少，反倒受學生歡迎。

“楊老師，最近孩子們的功課怎麼變少了 ？”有家長問起。

“您說呢 ？”她反問。

（416）

孫月如出生在一個大家庭，兄弟姐妹很多，光靠父親一個人的收入，日子過得很緊巴。現在想來，孫月如的"搶食"習慣應該就是那時候養成的，後來家境雖有好轉，但惡習難改，直到該嫁人時依舊無人提親，家裡人這才著急起來。

"阿如，吃飯的速度放慢點兒，男人若看到妳這副吃相，早躲得遠遠的。"她的父親說。

"沒錯，女孩子得注意形象，最好等男方動筷子了，妳才動。"她的母親說。

就在動員方圓五百里內的所有媒婆後，孫月如終於迎來人生中的第一次相親，地點就選在家鄉最好的餐廳。

席間，孫月如沒忘記父母的叮囑，她等男方動筷子了，才去撿自己不甚喜歡的菜葉子，而且吃飯的速度極慢，一口飯菜能咀嚼半天。

吃完相親飯後，孫月如的父母迫不及待地問媒婆有沒有下文？媒婆給了一個不會讓人下不了臺的婉拒藉口。

事實上，男方可沒這麼客氣，一吃完飯他就把氣撒在媒婆身上，理由是相親對象比照片胖了不止一倍，看著沒有300斤，起碼也有二百五。

那年，當孫月如自私地把全家為數不多的口糧全塞進嘴裡時，她不會想到日後會為此付出慘痛的代價……

（417）

小欣得了胃癌晚期，人瘦得只剩70斤，若不是遠在美國的男友頻頻為她打氣，她早失去抗癌的勇氣。

這一天，她收到男友的微信留言，說會有個大驚喜給她，果然中午時分，一個精緻的黑天鵝蛋糕便送到。

"看！秦冬多有心，知道今天是妳的生日，特意訂了個蛋糕給妳。"小欣的母親說完，拭去眼角的淚水。

如果不是壽星帶著病容，周圍的人會打從心底替她開心。

後來《生日快樂歌》響起，小欣切了蛋糕，把秦冬的心意分享給為她辛勞的醫護人員，她自己反倒沒吃，因為這種高糖、高熱量的食物對胃癌晚期患者來說是大忌。

過完生日的那個週末，小欣撒手人寰，連男友的最後一面都沒見著。

辦完喪事，小欣的母親到電信局註銷了一個手機號，連帶以該號碼註冊的微信號也上不了了。

時間往前推兩年，當得知女友患癌，秦冬開始玩失蹤。小欣的父母好不容易才找到他，哀求他去見女兒，哪怕做戲也行。

好說歹說下，秦冬答應見女友最後一面，再多沒有。

那次見面，秦冬卯足了勁兒，不僅噓寒問暖，還答應到了美國依舊會經常聯繫她，等一拿到博士學位，立即飛回來娶她……

小欣流下感動的淚水，多少人見癌色變，自己的男友卻不離不棄，實屬難得！

“對了，我換了手機號，微信妳重新加我一下。”秦冬說。

小欣照做。

果然人一離開沒多久，愛的留言就翩然
而至，並且日復一日，雷打不動。

（418）

傅越起的演員之路實在太不容易了，他從群眾演員做起，一步步往上爬，五年後才做到特約，接下來男五、男四、男三，男二，直至當上男主角，15個年頭已經過去了。還好當初他入行得早，同時這個年代也能接受保養得宜的中年男人當主角，所以沒扼殺了他的夢想。

"小起子，有個40集的宮廷劇讓你接，明天和我一起去見見製作人吧！"

打來電話並且喚他"小起子"的是傅越起的經紀人，他已經這麼叫了十多年，一直沒出問題。

"別再叫我'小起子'了，讓旁人聽到多不好。"傅越起說。

"是是是，您現在是大紅人，想當初……哎！不提了。"

想當初這個經紀人根本沒看上傅越起，是他死皮賴臉訛上的。

次日一早，經紀人又打來電話，提醒他別忘了十點之約。

"海蘭大廈離我的住處起碼有一百公里遠，公司若不派車來接，打車的錢總得報銷吧？！"傅越起問。

他的經紀人沉默一會兒後才答拿發票報銷，口氣聽起來很不爽，還好十點鐘的談話進行得相當順利，經紀人才又有了笑臉。

一走出海蘭大廈，有粉絲認出傅越起，求合影，礙於今日他沒戴隱形眼鏡（不願"醜照"外流），所以委婉地拒絕了。

兩個禮拜後，歷時八個月的武俠片終於殺青，傅越起正想喘口氣，結果被守在片場的記者攔下，讓他談談拍戲期間的甘苦。傅越起吊了一天的威亞，已經累到不行，於是請記者改日再聊，到時他會知無不言，言無不盡……

最近有關傅越起甩大牌的流言四起，包括坐地起價、對粉絲臭臉、放記者鴿子……等，他不知流言從何而來，為此很是苦惱。

（419）

曹芸倩逛街時被一個製作短視頻的團隊攔下，他們正在做街頭實驗，想請曹芸倩打電話給男友，告知自己懷孕的消息。

“這……不好吧？！萬一他當真了呢？”曹芸倩說。

“這不正好測測他對妳的心意？別擔心，事後我們會向妳男友澄清這只是個小實驗。”

曹芸倩和男友小章已經交往兩年多了，早該論及婚嫁，可是對方一直裝迷糊，也好，趁這個機會測測他對自己是不是認真的？

電話接通後，曹芸倩問男友在幹啥？

「炒股，等賺到五千萬元就娶妳哈！」他答，聽得出來是玩笑話。

「我……我恐怕等不了那麼久。」

「什麼意思？」

「我懷上了，今天剛驗出來。」

結果小章直接消聲，這讓曹芸倩有了不祥的預感，直接要他給句痛快話。

「痛快話就是——我們分手吧！」說完，小章立刻掛機。

曹芸倩不相信男友會如此絕情，立馬回撥，結果傳來對方已關機的提示音，這下子她哭成了淚人，好不容易才在短視頻製作團隊的再三安撫下懷著複雜的心情離去。

這邊關了機的小章同樣心情複雜，小時候的他曾患上腮腺炎，後來病毒入侵到生殖器官，醫生說將來若想有子嗣，恐怕得藉助科技的力量……

（420）

簡大直空降到某公司的行政部門當主管，為了扼止"走後門"的流言，同時也給下屬來個下馬威，他一上任就裁掉該部門近1/3的員工，美其名為精簡人員。

裁員過後，所有行政人員的工作量都增加了，但薪水卻原地踏步。有些人支持不下去，乾脆辭職走人，這讓堅守原崗位的人雪上加霜。

簡大直也知這非長久之計，於是通知HR招人（由於急需用人，薪水小漲了些）。消息很快在內部傳開，那些被裁和主動離職的人一夜之間全數回籠，這下子老員工不高興了，一個個萌生退意，簡

大直只好一視同仁，也讓老員工漲工資
。

兜了一圈，行政部門的員工一個都沒少
，簡大直還獲得"散財童子"的雅號，除
了公司這個冤大頭外，沒人是輸家。

（421）

有一群海盜趁著月黑風高闖進一個村莊，並且控制住所有人。在搜刮了財物之後，他們忽然改主意，決定當起這個村莊的頭兒，讓整村的人都來供養他們。

自從有了土皇帝，村裡人苦不堪言，久而久之，兩個小夥子受不了了，他們決定逃出去，沒想到形跡敗露，最後只能灰溜溜地躲進樹林裡。

村裡人都知道樹林裡有個隱祕的山洞，那兩人肯定躲那裡去了，但大家都不肯說破。

海盜氣炸了，決定先拿村長開刀。村長抵死不說，結果全家被殺，接著一個個鮮活的生命相繼葬送在屠刀下，包括那兩人的至親。

兩個小夥子對所發生的事知之甚詳，因為每殺一個人，海盜都會向樹林喊話。

終於有一天海盜不再向樹林喊話，兩個年輕人覺得事有蹊蹺，但回家查看的風險太高，所以還是反其道而行。當他們順利抵達鄰村時，兩人又哭又笑，這重獲新生的感覺真他媽的太美妙了！

（注：村民守住的是義還是愚蠢？）

（422）

丁鈴小學五年級時曾被班主任性侵，這成了她揮之不去的夢魘。長大後，她依舊無法釋懷，加上生活的重擔，她患上了嚴重的抑鬱症，最終在23歲那年按下人生的停止鍵。

走在黃泉道上的丁鈴越想越不甘心，她決定停下腳步等待那個毀掉她一生的敗類。

這一等就是二十多年，但好歹是等到了，她立刻擋在那個步履蹣跚，化成灰都認得的班主任面前。

一開始，班主任並沒有認出她來，這讓丁鈴的憤怒更加深了。

“我是被你性侵過的學生，你怎能忘記我？過去的三十多年裡，我無時無刻不想起你那醜陋的臉孔。”丁鈴憤恨地說。

“是嗎？我真記不得了。”他停頓了一下，“妳在這兒等我，有事嗎？”

“你沒有話對我說嗎？”

“……對不起。”說完，班主任繼續向前走。

就這樣？

丁鈴氣不過，又攔下那人。

“妳到底想怎樣？”班主任眉頭緊鎖，“我不是道歉過了嗎？”

“光一句道歉是不夠的，我那被毀掉的人生該怎麼算？”

於是班主任要她開出條件來，但凡能做到，他儘量滿足她。

此話一出，丁鈴傻眼了，是的，除了一句道歉，她要不了更多，因為人世間的賠償對已死的人來說不具備任何意義。

“你對我可曾有過一點點兒的內疚？”丁鈴噙著淚水問。

"實話說——真沒有。我一生中做過很多缺德事，如果事事都內疚，我活不到75歲。"班主任嘆了口氣，"其實最該內疚的是妳自己，我承認給過妳一刀，但日後拿刀凌遲妳的卻不是我，而是妳，所以別把後來的傷痕累累都歸到我頭上，這不公平！"

班主任答完，頭也不回地走了。

丁鈴既羞愧又惱怒，怎麼會是這個結局？

只一會兒的工夫，這個女人便決定追上去。

"啊～"班主任摀住染血的褲襠慘叫。

"讓你下輩子當不成男的！"丁鈴冷酷地說道。

喬許是一名特工，某天，他接到一項任務——暗殺居住在波特街55號的懷特教授。

但凡能上暗殺名單，肯定是威脅到國家安全，喬許很樂意除之而後快。

經過跟踪，喬許很快發現每個星期三晚上懷特教授都會進入離家約兩公里處的某棟公寓內，幾個小時後才離開。今晚又是星期三，比較特別的是這次有個留著大波浪髮型的女人站在陽臺上目送他離去。

"原來單身的懷特教授還有個情人。"喬許心想。

等觀察得差不多之後，喬許開始行動，一場"完美"的車禍就這麼發生了。

一年後，喬許在電視新聞上看到情報局局長接受採訪，身旁坐著他的新婚夫人，一頭的大波浪捲髮，很是風姿綽約。

（424）

$1$999年，魔術師喬治在表演人體切割魔術時發生重大事故，他的助理（也是他的妻子）在兩千多位觀眾面前被切成兩半，鮮血染紅了整個舞臺。有觀眾當場昏厥過去，而最崩潰的當屬魔術師本人，他嚇得臉色慘白，好半天都回不過神來。

警察等他恢復正常後才開始問話。

"你從事魔術表演多久了？"

"近十年了。"

"這可是第一次發生失誤？"

"是的。"

"表演時有沒有發現任何異常現象？"

"沒有，我和太太已經搭檔演出好多年了，一直默契十足。"

"有人說之前的人體切割魔術，你從未在助理的嘴巴上貼膠帶。如果沒貼，她肯定能呼救。"

喬治解釋魔術表演就是圖個新奇，倘若一成不變，觀眾很快便會失去興趣，所以每隔一段時間他都會加入新的情節，為的就是讓觀眾能夠耳目一新。

這個回答合情合理，加上喬治沒有案底，意外發生後的反應也挺正常的，法官最後以過失殺人結案，判喬治入獄兩年（這算判得很輕）。

兩年過後，喬治重拾老本行，助理換上一位明豔動人的金髮女郎。臨上臺前，女郎在喬治耳邊低語："親愛的，你若斗膽用膠帶封我的嘴，我會讓你吃不了兜著走。"

（425）

陳明開了一家貿易公司，辦公室只有二十平米大，平常就只有他這個老闆和財務在裡面上班。

你若說陳明只是玩票性質，公司去年起碼納稅好幾百萬元；你若說他當真，好像也不是那麼回事，遲到早退已經成了常態（他之所以還上公司來，無非盯著財務這個"唯一"的員工，老闆可以不務正業，但員工不能）。

"老闆，其實搭建網站並不難，購買域名也挺便宜的，這些人為什麼還是花費幾十萬乃至上百萬元向我們購買？"財務問。

“因為我們註冊的域名是他們想要的，全球唯一，所以非得向我們購買不可。”

“可是……”

陳明僱用的財務做事認真、人實在，就是腦筋有時會轉不開，他只好用一個故事來點醒夢中人。

“從前有個大官的書法寫得不咋地，但總有人來求字，而且潤筆之資頗高，你說這是為什麼？”他問。

“敢問您就是那位大官？”財務反問。

“不，我是替大官收下潤筆費的隨從。”陳明答。

（426）

這幾天正是秋老虎大顯神威的時候，站在太陽底下，不一會兒工夫就汗水直流，像在洗桑拿。

為了避開火熱的太陽，彭家棋一走出地鐵口就鑽入邊上的M銀行辦事，此時的號碼已經發到一百多號，而排在他前面的尚有17人。

等了約莫兩小時，終於輪到彭家棋，大概他的運氣不好，被忙得焦頭爛額的銀行櫃員當成了受氣包。

"你知道馬路對面也有一家銀行嗎？再不繼，坐兩站公交車也有另一家，怎麼顧客全擠這裡了？"櫃員沒好氣地說。

馬路對面是有一家，但辦事的窗口只有一個，冷氣還不給力，最要命的是過馬路得爬一段約五十米長的天橋，豈不熱死？

"因為M銀行的服務最好，所以我上這裡來。"彭家棋不疾不徐地答。

那名櫃員欲言又止，最後把話吞下，開始幫他辦理業務。

（４２７）

2 1世紀竟然還有皇室存在（讓勞苦大眾去供養富到流油的階級），簡直可恥！針對此點，Liam的反對立場從未改變過。

這一天，喬安娜王妃拜訪公立醫院，當來到Liam的病床前時，他本來想臭臉相向，但打扮精緻的王妃向他伸出友誼之手，同時輕聲細語地問候他，頃刻間，Liam感覺自己被某種力量給馴服了。等王妃一離開，同病房的病友們無不向他投來傾羨的眼神，那樣子就像他忽然被上帝眷顧了似。

幸運之事還不止此，當晚的頭條新聞便是喬安娜王妃拜訪公立醫院一事，雖然Liam的臉只短暫出現在電視屏幕上，但這驚鴻一瞥的效應卻很深遠——醫院上下一夜之間全認識他，而照料他的醫護人員也比以前更加用心。

有人問Liam：「喬安娜王妃本人和電視上看到的是否相符？」

「才不呢！」Liam的眼睛散發著光芒，「她本人比電視上看到的要美多了，聲音像黃鶯出谷，身上還帶著微微的香氣，好比仙女下凡……」

（428）

當全校公認的男神和郭福如走在一起時，不知擊碎了多少女孩子的美夢，她們難以想像沈文揚竟然會看上一個如此平凡的女人。

說起郭福如，她不是不好看，而是比她好看的人多了去；她也不是不優秀，但和真正優秀的比，還是難望其項背；而最最最……讓人無語的是她的"透明"，想哭就哭，想笑就笑，還"自來熟"，連跟攤販買個東西都能做到互加微信，一點兒也不懂得矜持。

"你怎麼就看上她？"沈文揚的兄弟忍不住問。

"因為她讓我看到了活力。"

"活力？那找舞蹈系的學生，她們個個貌美如花、精神奕奕......"

"我不是這個意思，我指的是真正努力活著。"

他的兄弟迷糊了，誰不是真正努力活著？但話終究沒說出口。

直到沈文揚入院接受化療，大家才明白他的選擇，因為郭福如一直是"動"的，對於日薄西山的人來說，像抓住了生命的尾巴………

（429）

當爸爸把新媽媽領進門，並且要兩個孩子喊人時，大兒子很快喊："媽媽。"；小兒子沉默一會兒後，蹦出一句："阿姨。"

"怎麼是阿姨？叫媽媽！"父親說。

想到父母離婚才半年，父親就再娶，還要他喊一個陌生女人"媽媽"，小安怎麼也叫不出口。

由於死不改口，家裡的氛圍長期瀰漫著不安，好像埋藏著隨時會引爆的炸彈似的。

"你怎麼就不知變通？喊一聲'媽媽'也不會少塊肉。"小平對弟弟小安說。

對於哥哥的"叛變"，小安已經懷著不滿的情緒，再聽他遊說自己"倒戈"，更是火冒三丈。

"我不像你，變色龍！"小安嘶吼著。

"奇怪了，"他的哥哥撓撓頭，"媽在的時候，你老說恨死她了，怎麼現在反倒向著她？"

小安也知道自己的母親不稱職，做了很多傷害家人的事，但她是媽媽，這世上惟一的媽媽，無人能替代。

二十多年過去後，某天小安的賭鬼媽媽突然回來找他，要他幫著還賭債，結果被拒。

"兒啊！我聽說你為了我，到現在還不肯喊那個女人'媽媽'，你怎麼可能不向我伸出援手？"他的母親淚眼婆娑地問。

"妳誤會了，我捍衛的是母親這個角色，非妳。"小安冷冷地答。

（430）

劉敏一直懷抱美國夢，聽說美國的一家養老院正在找護工，她立即提出申請，並且順利得到工作。哪知來到美國後，她才被告知養老院目前不缺人，要嘛即刻回國，要嘛當僱主母親的私人看護。

只考慮了一會兒，劉敏便果斷接下這份工作，心想反正工作性質沒變，只是從一對多變成一對一而已。

僱主的母親居住在郊外的一棟平房內，因車禍成了植物人，已經臥床一年多，平常除了僱主和醫生偶爾會來探望和做例行的檢查外，大部分的時間裡，屋內只有老人和二十多歲的劉敏。

劉敏每天面對一個"活死人"，久而久之，自己也像枯萎的花朵……

"妳為什麼要殺老人？"警察問她。

"我這是在幫她。"

"胡說！"僱主衝上來，但被警察攔住，"妳這個劊子手！"

劉敏直到現在依舊認為自己在做好事，老人想早點兒解脫，只是苦於開不了口……

後來在法庭上，劉敏也是這麼答。

"妳是幫老人還是幫妳自己？"法官問。

"我……當然幫老人。"她仰起臉，滿懷希望地問，"法官，是不是坐完牢我就可以回國了？"

嘎子很愛逛夜市，尤其喜歡買夜市小吃。他的室友感到奇怪，同樣拿錢購買，為什麼嘎子總能得到最多？

針對這個疑問，嘎子笑嘻嘻地答："因為我有祕密武器。"

室友們紛紛要他拿出來看看，結果竟然是一部手機。

"怎麼是手機？"有人問，"這個大家都有，算不上祕密武器。"

"你們是有，但不會善加利用呀！"

他的室友要他別賣關子了，還是趕緊說出來吧！

嘎子表示用說的倒不如做給他們看，於是一群人浩浩蕩蕩地往夜市走去！

在小吃攤上，只要被嘎子看上的，他立刻掏出手機拍攝，嘴巴唸唸有詞，像是在拍攝短視頻。

"這家的炸豬排外酥裡嫩，我百吃不厭。老闆，給我拿一個。"嘎子邊說邊錄像。

攤主看見有人在錄像，趕緊露出笑臉，同時把最大、最厚且汁水看起來最多的豬排扔進油鍋內……

（432）

左禮彬是個媽寶男，倘若離開母親，他連自己的襪子都找不著，所以不論上學還是就業，他的母親總跟著他遷徙。

這一天，鄰居錢大媽說有個好女孩要介紹給左禮彬，問左家的意思。

“當然好呀！”左母眉開眼笑，“我累了大半輩子，剛好休息一下。”

“妳該不會想找個免費的幫傭吧？！”錢大媽小心地問。

“當然不是。”左母笑得好大聲。

這下子錢大媽反倒尷尬。

結果第一次相親就黃了，原來左母全程參與，宛如兒子的代言人。這還不打緊，當探聽完女方的基本信息後，左母竟然問了一個讓人瞠目結舌的問題："如果妳和左禮彬同時掉進海裡，妳希望誰獲救？"

"妳怎麼答？"錢大媽問相親女孩。

"我還來不及回答，那個坐在一旁始終一言不發的男人竟然開口說：'媽，我怕！'。當下我只好讓左先生先獲救，不然能怎麼辦？"

兩天過後，左母找到錢大媽，說自己對女孩滿意得不得了，讓她安排第二次見面。

"這個恐怕有難度，"錢大媽早準備好說辭，"女方家長表示自己的女兒相親過後得了創傷後應激障礙，需要長時間療養。"

"創傷後應激障礙？這是什麼病？"

"聽說是經歷了重大創傷性事件，所導致的一種精神障礙。"

和錢大媽道別後，左母大呼萬幸，差點兒就讓個神經病進家門，真是佛祖保佑，阿彌陀佛！

（433）

西元1965年，卓越國召開一場祕密會議，與會者皆是全國的頂尖人物，包括科學家和商業鉅子。

"我設計了一款能植入人體的晶片，政府只需用特殊儀器掃描就能知道每個人的所有信息，包括他去過什麼地方、曾有哪些念頭等等，方便國家控制國人，甚至整個世界。"一位科學家說。

卓越國的總統聽完，頻頻點頭。

"這不可行！"國務卿出口反對，"光是說服政客通過法案，一百年都做不到，何況還會引發內亂，得不償失。"

正當大家議論紛紛時，全國首富開口了，他說把這件事交給他，他能讓全國乃至全世界的人被追蹤，卻渾然未覺。

1968年，互聯網開始崛起……

（434）

西元1999年，卓越國召開一場祕密會議，與會者皆是全國的頂尖人物，包括科學家和商業鉅子。

"我設計了一款能植入人體的晶片，凡與政府唱反調者皆不予植入，政府可以藉此剷除異己，因為沒有晶片的人在這個社會上等同邊緣人士，既無法就學，也無法就業。"一位科學家說。

卓越國的總統聽完，頻頻點頭。

"這不可行！"國務卿出口反對，"光是說服政客通過法案，一百年都做不到，何況還會引發內亂，得不償失。"

正當大家議論紛紛時，全國首富開口了
，他說把這件事交給他，他能讓全國乃
至全世界反對卓越國的人都生不如死。

2030年，網絡暴力仍方興未艾……

（435）

西元2033年，卓越國召開一場祕密會議，與會者皆是全國的頂尖人物，包括科學家和商業鉅子。

"我設計了一款能植入人體的晶片，時間一到，晶片內部的致命毒素便會自動釋放出來，政府可以藉此剷除老人，避免老齡化所帶來的社會成本。"一位科學家說。

卓越國的總統聽完，頻頻點頭。

"這不可行！"國務卿出口反對，"光是說服政客通過法案，一百年都做不到，何況還會引發內亂，得不償失。"

正當大家議論紛紛時，全國首富開口了，他說把這件事交給他，他能讓全國乃

至全世界的老人主動結束生命，卻渾然
未覺。

2035年，火星移民計劃開始實行，60歲
以上老人優先參加，費用全免……

（436）

小彤喜歡喝咖啡，身上總帶著咖啡的香氣，不像她的男友黎川，惱人的大蒜味怎麼也去除不掉。

某天，小彤對黎川說：" 你能不能別吃大蒜？我討厭接吻時滿嘴大蒜味。"

" 我喜歡吃大蒜就像妳喜歡喝咖啡一樣，我可沒要求妳別喝。" 黎川答。

小彤也知道這個要求過份了點兒，但大蒜造成的口臭讓她難以忍受，終於有一天爆發出來，兩人因大蒜分道揚鑣。

分手半年後，小彤飛到日本度假，當導購員介紹青森縣的特產時，她眼前一亮。

“你說這種咖啡完全由大蒜製成，那麼喝完會不會有口臭？”小彤問。

“放心，大蒜經過充份烘焙，喝完絕對不會有口臭問題，請放心飲用。”導購員答。

於是小彤買下大蒜咖啡。

回國後，她躊躇了半天，最後還是打電話給黎川，說有個驚喜給他。

“真巧！我也有個驚喜給妳。”黎川答。

他們相約見面，地點就選在小彤的租處。

當黎川進門時，一股濃濃的咖啡味撲鼻而來。

“妳又泡咖啡了？”他問。

“嗯！”小彤把泡好的咖啡遞過去，“猜猜這咖啡是用什麼做的？”

黎川喝了一口後，答：“大蒜。”

小彤本來還想賣關子，結果什麼也賣不了。

“你怎麼知道？”她問。

黎川把包裡的東西拿出來，竟然也是大蒜咖啡。

〝這是日本青森縣的特產，喝起來不僅像真正的咖啡，而且不含咖啡因，妳喝了正好。〞他說。

最後那句讓小彤破防，黎川還是在乎她的，不是嗎？

他倆默默凝視一會兒後，黎川開始行動。啊！少了大蒜味的吻，那滋味不要太美妙。

（４３７）

這個週末，公司辦理團康活動，沒想到從未參加的華皓竟然報名了，真是太陽打西邊出來！

由於活動地點選在海水浴場，所以每個參與者抵達現場後都換上泳衣，然後一個個在海邊戲水，誰也沒料到大浪會來得如此猝不及防，林語瞬間被捲入海裡。

"救……救我！" 她喊著，還因此吞下好幾口海水。

當時跳海相救的有３人，只是華皓的動作最快，所以成了林語的"救命恩人"。

自從有了這層微妙的關係，林語開始關注華皓，他的不苟言笑成了"酷"的表現；他的不合群也成了"曲高和寡"的象徵。久而久之，正值花信年華的林語竟然情愫暗生，華皓當然也感受到了，頃刻間，天雷勾動地火。

有同事勸林語三思，"怪人"之所以怪，一定有不符合常人思維的地方。一個人說不打緊，當周圍人都不看好時，林語的心開始動搖了。

"妳確定要分手？"華皓問。

"......嗯！"林語答。

隔天，林語的辦公桌上躺著一封血書，把同部門的女同事嚇得尖叫聲連連，此時的林語卻衝出辦公樓，她要去看看那個愛她成痴的傻小子現在怎麼了？

兩年後，柔弱的林語手刃華皓，當警察問她為什麼行凶時，她苦笑著答："能寫血書的人絕非正常，我是被逼無奈呀！"

（438）

自從萊恩被最好的朋友欺騙後，他的三觀有了天翻地覆的改變，連帶教育方式也與以前大不相同。

"傑森，梨子成熟了，你上樹摘吧！" 萊恩對相依為命的獨子說。

"好呀！但下來的時候你得抱我。"

"沒問題。"

於是傑森上樹摘了好幾十個果子，足足有一大袋，可是當他要下樹時，他的父親卻拎著袋子進屋去，完全不理會他。

諸如此類的事層出不窮，傑森甚至懷疑自己是不是父親的親兒子？否則怎會被如此對待？

轉眼十多年過去了，某天，傑森告訴父親想離家，也許再也不會回來。

「兒啊！外面的世界很險惡，千萬別信人，即使親如兄弟，也有可能欺騙你。」他從保險箱裡取出一沓錢，「這些都是我這幾年辛苦攢下的，你省著點用。」

等傑森一走出村口，那些鈔票立刻被他灑向天空。

「嘿！你是不是傻了？那些可都是錢哪！」有村民對他說。

「我扔的是假鈔。」傑森答。

（439）

聽說鄰村出現怪病，搞得鳩劫村的村民終日惴惴不安，村長不得不召開村民大會，藉以商討對策。

"我認為應該設路障，禁止他人入村。" 二狗子說。

"沒用的啦！難道24小時找人看守？" 阮大爺答。

經過兩小時的唇槍舌戰，最後決定連夜挖鑿河道（同時放入數條凶狠的鱷魚），將鳩劫村整個隔離起來。

果然接連幾天皆相安無事，代表怪病並沒有入侵，鳩劫村的村民總算能長舒一口氣。

誰能想到這舒心的日子才過了沒幾天，李大嬸就來找村長，她說算一算時間，嫁到鄰村的女兒應該快生了，她想過去幫忙。

"妳這不是添亂嗎？萬一染病了怎麼辦？"村長問。

"染病我就不回來了。"

由於李大嬸的去意甚堅，村長只好派人帶她出村，渡河的過程驚險萬分，兩人還差點兒進了鱷魚的肚子。

後來三三兩兩的人皆來找村長，他們都有這個、那個的理由，非得離開鳩劫村不可。有了"李大嬸"這個先例，這下子村長不放行也不成。

幾個月過去後，村長發現那些外出的村民沒有一個回來，現在全村只剩下一半的人口，這可怎麼辦？

村長不得不召開村民大會，藉以商討對策。一番唇槍舌戰下，最後決定連夜將河道填平。

次日，當村民們發現又可以自由進出村子時，大家聚集在村口載歌載舞，直到某個村民開始口吐白沫。

“快！找村醫。”二狗子說。

“沒用的啦！他這是得了怪病。”阮大爺答。

此話一出，村民們一哄而散，有的往村內跑，有的往村外跑，比例大概 1:1。

（４４０）

某天，小虞告訴朋友："我昨晚看到一個身家百億的富豪在吃6元一碗的滷肉飯。"

"換作是我，肯定每天大魚大肉，至少在吃的方面不會虧待自己。"朋友答。

小虞說百億富豪吃6元一碗的滷肉飯是有原因的，不像表面上看到的那樣。

他的朋友催促他說，於是小虞把富豪的的發家史娓娓道來，包括原本在傳統市場賣菜，後來開餐廳賺到第一桶金，接著涉足房地產、傢俱市場和保險行業等。

"你還是沒說他為什麼吃6元一碗的滷肉飯。"朋友提醒小虞。

“因為他身家254億，但負債300億，目前已經被限制高消費了。”小虞終於給出答案。

博浩第一眼看到月兒就淪陷了，她符合他對妻子的所有幻想，包括纖瘦的身軀、冷白的膚色、迷離的眼、小巧的嘴……等，連名字都帶著詩意。

月兒也喜歡上博浩，只是礙於女性的矜持，遲遲不肯表態，讓博浩有好長一段時間患得患失（也就是說他倆的結合很費一番功夫）。

婚後，那些交往期間被有意忽視的問題逐漸浮現出來，譬如月兒的"病態美"是真的有病，吃多了不行，吃少了也不成，只能少量多餐，同時戒辛辣，偏偏博浩無辣不歡，兩人根本吃不到一塊兒去。還有，月兒的性格柔弱，屬於"易被欺負"型，所以生活中的大小事都得由博浩出面，否則只有吃虧的份。

這一天，博浩剛被老闆訓了一頓，正憋了一肚子氣，不巧月兒打來電話，問他在哪裡？

"在辦公室裡，不然還能在哪裡？"他沒好氣地答。

月兒沒聽出不對勁，接著問："朋友邀我逛街，我可以去嗎？"

自從認定博浩是自己的真命天子後，月兒把所有的決定權都交出去。剛開始，博浩很滿意自己的女人如此信賴他，但久而久之，他心累了，怎麼娶了個沒主見的媳婦兒？

"妳逛街就逛街，問我幹啥？"博浩對著手機咆哮，像為一早上蓄滿的怒氣找到發洩口。

逞一時口舌之快的代價便是無休止的悔恨，他責問自己怎能如此對待他那嬌弱不堪的妻子？

回家後，博浩發現月兒不見了，打她手機也不接，心裡很是著急，尤其外面還下著雨……

在小區內找了一圈沒找著人，博浩正想打給岳父母時，草叢裡發出聲音。他尋聲望去，那裡蹲著一個全身濕透的女人。

博浩見狀，把手裡的傘一扔，跑過去抱起她，說：「咱們回家。」

時間倒退至博浩七歲時，當時也下著雨，草叢裡有一隻被淋濕的小狗，博浩將它抱入懷中，說：「咱們回家。」

（442）

小張在非洲某國的集市上發現有人在賣淺褐色的餅乾，導遊說這是用一種特殊的土做的，孕婦尤其喜歡吃。

常聽人調侃——窮到吃土，沒想到真有人吃上了。

小張讓導遊帶他去看"土餅乾"的製作過程，老實說，還挺乾淨衛生的（除了成品被一旁的雞踩了幾腳，沒什麼大問題）。

"我還想看看原料來源。"小張對導遊說。

於是導遊帶他來到一個貌似土壤肥沃但荒廢已久的土地上，烈日下的工人為了賺取微薄的收入，正大汗淋漓地幹活。

小張感到不解，挖土難道比種莊稼輕鬆？有那個力氣和時間，為什麼不種植營養價值更高的玉米、蔬菜或水果呢？

這個疑問很快得到解答。

"工人說這裡的人買得起土做的餅，卻買不起農作物，他才不幹白活！"導遊翻譯。

"秀蘭，我很快會回來，妳一定要等我。"

說話的是荷蘭軍醫Nico，他與秀蘭已相戀半年。

"不，你別走，你走了，我怎麼辦？"秀蘭抱著他痛哭流涕。

為了和"洋鬼子"在一起，家裡已經鬧得不可開交，秀蘭的父母甚至數度以死相逼，她仍不為所動，如今他卻要離她而去。

"乖，"Nico抹去她臉上的淚痕，"我是軍醫，奉命得跟著部隊回國，不過妳放心，一回到國內，我會立馬辭職，然後以平民的身份回來娶妳。"

Nico離開的那一天，秀蘭在港口站了一整天，即使船隻已沒了蹤影，她依舊痴痴地等，心想也許船隻會因故返航，然而……沒有也許。

此後秀蘭落入漫長的等待，她從碧玉年華等到古稀之年，那個承諾會回來娶她的人依然沒有回來，而她已為他守貞超過半個世紀。

反觀Nico，與秀蘭道別時，他也離情依依，但沒多久便收起兒女情長，因為船上突然爆發疫情，他是軍醫，救死扶傷是職責。當船隻終於抵達荷蘭，也許因為曾共患難過，再加上一點兒的緣份，他與船上護士Anouk步入婚姻殿堂，婚後生下三男兩女。Anouk後來因產褥熱去世，Nico因此消沉了一陣子，直到遇到來自挪威的女醫生Heather，他才又動了再婚的念頭，並且迎來自己的第六和第七個孩子，她們是一對漂亮的雙胞胎。

就在剛過完八十大壽的某天下午，有記者告訴Nico——有個老婦（秀蘭）還在等他。

"秀蘭……"Nico的記憶一下子回到從前，"她沒結婚嗎？"

“沒有，她一直在等你。”記者答。

“這個傻女孩！等不到就應該放棄，過好自己的生活才是。”

當記者問他願不願意和當年的戀人見上一面時，Nico想了想，表示還是不見好，不過他有個東西送給她。

記者後來挾帶禮物渡海而來，當時的秀蘭已經有些耳背，加上翻譯人員的聲音忽大忽小，她聽得不是很清楚，但禮物來自Nico，她是知道的，可是等她興奮一打開，立刻哭成了淚人。記者很不解，不過是荷蘭的泥土，至於嗎？

Nico的用意是把自己故鄉的泥土送給昔日的愛人做紀念，但秀蘭卻誤會了，以為他已歸為塵土。

不過這個結局並不壞，因為秀蘭又有了新的盼頭，她決定當自己入土的時候要懷抱那抔黃土，這代表Nico的愛一直都在，他倆永不分離……

（444）

玖瑰國每年花在搜集情報上的費用達到數十億元，這包括培訓特工、收買線人、維持情報機構的正常運行等，可惜與付出的時間、金錢和精力比，收效只能說是差強人意。

反觀牡丹國，它走的是"全民皆線民"的路線，為每一通告密電話支付約合一杯奶茶的錢。雖然收集來的情報有真有假，但只要有一個是真的，可能就制止一場恐怖襲擊或毒品交易，其作用不下一個真正的情報機構。

這一天，一個外國人走進牡丹國的某小區，所有人都停下手中工作注視著他。那名外國人左顧右盼一會兒後，向B棟走去，接著按下912的對講機，當獲准進入後，區長辦公室的電話立刻響起。

"你好，這裡是區長辦公室。"

"你好，我是工號123594，剛剛我看到一個外國人走進東方小區B棟912室，形跡很可疑。"

"好的，我記下了，謝謝你對國家安全做出了貢獻。"

斯密達的工號正是123594，以每天兩通的告密頻率計，這個月的菸錢應該有著落了。

（445）

那天季曉帆又與母親吵架，一氣之下，她拿頭撞牆，碰碰碰的聲音讓人膽戰心驚。她母親見制止不了，當場下跪，說："帆兒，媽錯了，妳別傷了自己。"

季曉帆最後還是停了下來，倒不是因為母親的那番話，而是力不從心，因為撞的力度過大，她已漸漸失去意識，再醒來時，人已躺在病床上。

醫院等季曉帆的身體康復後才安排心理醫生與她談話。

"能談談那天為什麼會有過激行為嗎？"龐醫生問她。

“我失業在家，母親看不慣，天天唸天天唸，像個魔咒似的，我就想死了算了，也許重新投胎會有一個比較好的開始。”

龐醫生問她是不是覺得自己沒有好的開始？

“我媽掃大街，我爸在監獄裡蹲著，你說這是好的開始嗎？”季曉帆反問。

龐醫生停頓了一下後，問她願不願意嘗試催眠療法？也許可以找出問題的癥結所在。

催眠？這倒新鮮，季曉帆立刻同意了。

兩天後，龐醫生為她進行催眠，如果不是有錄像為證，她恐怕會以為自己被糊弄了。

“公主？哈！我的前世竟然是唐朝公主？！”季曉帆驚得下巴都要掉下來。

“照催眠的結果來看，妳的前世是一位公主，要風得風，要雨得雨，沒想到今世落到這步田地，心理當然會有落差。”

聽龐醫生這麼一分析，季曉帆眼前一亮，難怪她會好逸惡勞，畢竟上輩子有僕人供她差遣，她何需勞累自己？

「現在怎麼辦？我能不能做回公主？呃！我的意思是重新過起養尊處優的生活。」她問。

「我認為不難，只要走出家門，一定能遇到妳的王子，到時候又能做回公主。」

季曉帆想想也對，整天窩在家裡怎麼可能遇得到王子？這是第一次她想快點兒找到工作，好遠離貧窮。

結束今日的催眠治療後，龐醫生在診療單上寫下：**無需用藥，後續有待觀察。**

季曉帆的這個案例讓龐醫生聯想到去年夏天遇到的病人，不論他怎麼給藥和開導皆沒用，後來改用催眠療法，事情才有了轉機。

「你似乎並不滿意這個結果。」龐醫生說。

「也是也不是，知道心結所在當然好，但一想到自己的前世是一名乞丐，又不免哀傷，難怪今世的我會如此悲觀。」江小弟答。

「我有不同的見解，和前世比，你的今生一開始就贏在起跑線上，我認為這是一種平衡現象。」

「平衡什麼？」

“平衡對你前世的不公，可惜你好像並不領情。”龐醫生傾身向前，“聽著，你得馬上停止負面情緒，如果一直這麼輪迴下去，你永遠都會不滿意，永遠都在自憐自艾，什麼時候是個頭？”

江小弟陷入沉思，代表龐醫生的話他聽進去了。

後來，不論前世是公主的季曉帆還是前世是乞丐的江小弟都未再回到醫院複診。龐醫生躊躇了一下，最後在診療單上寫下“痊癒”二字。

（446）

小學五年級時，班上來了一個轉學生，兩顆大大的兔牙很是顯眼，尤聖軒立刻被她吸引住，心想：“世上怎麼會有這麼可愛的女孩？”

自從顏詩波（連名字都這麼可愛）出現後，尤聖軒下決心當一個正經的好男孩，可是這一招好像不管用，因為新同學看都不看他一眼，於是他又做回淘氣男孩。

“嘿！”他拉顏詩波的馬尾，害她差點兒跌倒，“妳的東西掉了。”

那個天真的女孩果然四下尋找，發現被騙後，立刻怒目相視。

尤聖軒衝她吐吐舌頭，然後逃之夭夭。

102

捉弄的事幹多了，難免也會出紕漏，好比今天，他沒料到在地上撿到的髮圈是班代表的，而這個女魔頭竟然會為小小的髮圈哭泣。

"怎麼回事？"班主任問。

"那個髮圈是我爸花80歐元從法國帶回來送我的，現在卻不見了。"班代表抽抽嗒嗒地答。

尤聖軒不知道80歐元折合人民幣多少，但想必不低，否則平常高傲的班代表也不會掉眼淚。

"是誰偷走馮美莉的髮圈？"班主任大聲斥問全班。

尤聖軒本來還想承認自己在地上撿到一個鹹菜色的髮圈，由於班主任用了"偷"這個字眼，嚇得他把到嘴邊的話吞進肚裡去。

"既然都不承認，那我只好一個個搜，大家都把手臂放在身後。"

班主任說完，開始行動，不一會兒的工夫就找到了。

"老師，我真的不知道它為什麼會出現在我的抽屜內。"顏詩波臉色鐵青地說。

"別解釋了，明天讓妳的家長來見我。"

尤聖軒數度想站起來承認這是自己的惡作劇，但都敗給了那個叫"軟弱"的傢伙。

隔天，顏詩波的家長如約來到學校，但不是為了聽訓和道歉，而是給自己的女兒辦理轉學手續，這成了尤聖軒永遠的一塊心病。

轉眼二十多年過去了，在多方尋人無果的情況下，尤聖軒終於死心，轉身和相親對象結婚。當他把戒指套在新娘子的無名指上時，那個長相稍嫌平庸的女人笑了，露出兩顆大大的兔牙……

校來了一位國際交換生Lena，吳在文成了她的室友。

有一天，回到宿舍的吳在文問Lena在忙什麼？

"我正在用中文寫詩。"她答。

這個回答嚇壞了吳在文，據她所知，Lena的中文水平連四級都達不到，如何寫詩？

Lena回答寫詩並不難，只需要幾個詞彙和基本語法就能寫，然後把自己已經寫好的詩遞過去。

吳在文讀完後，立刻佩服得五體投地，以下便是瑞典學生Lena所寫的中文詩《知道與不知道》：

有一天，不知道問知道知不知道？

知道答知道，反問不知道知不知道？

不知道答不知道。

於是知道告訴不知道，現在不知道也知道了。

1 9歲女大學生張雪被網絡詐騙騙走學費，她鬱鬱寡歡，最後選擇自殺；反觀同班同學黃筱丹，雖然也被騙走5000元，但她沒有做傻事，而是選擇報警……

這則新聞告訴我們做人要看得遠，別因小失大，還有，這跟張雪是不是貧困縣裡的貧困生，一點兒關係也沒有。

（449）

白從被前妻拿走一半的家產，六十多歲的富豪蔣亦夫發誓不會再婚，而且交友觀變了，只選20歲以下的傻白甜，她們還未被社會污染，容易掌控。

十多年過去後，蔣亦夫的身體大不如前，他決定在眾女友當中選擇一位替他養老送終，這個桂冠最後落在游婉湘的頭上。

游婉湘來自農村，家境貧寒，自從被蔣亦夫一眼相中，全家跟著雞犬升天，蔣亦夫相信這種人一定會感恩圖報、不離不棄（為了讓這名年輕女孩更加死心塌地，蔣亦夫把身後財產全留給她並且無婚姻束縛，方便她來日嫁人）。

蔣亦夫死的那一天，救護車上的急救員
發現他已經瘦成皮包骨，身上的惡臭聞
著像來自壓瘡，跟著一起上車的年輕女
孩則表現出悲傷的樣子，不停地拿著手
絹輕壓眼角，眼睛很清亮，眼白處無一
絲血絲……

（注：壓瘡又稱褥瘡，乃局部組織長期
受壓所造成的皮膚潰爛，嚴重時甚至會
化膿，所以日常的護理很重要，否則很
容易因感染而死於併發症。）

（450）

歐陽佩嫻凡事謹小慎微，事事都想做到圓滿，道德感很重；反觀上官佩嫻，個性大大咧咧，得過且過，道德感相對薄弱。

這一天，歐陽佩嫻開窗時，不小心讓陽臺上的小擺件掉落下去。她探頭一望，不得了了，擊中一位老人。她火速衝下樓，並且第一時間送傷者上醫院。

老人的家人獲知消息後很是氣憤，他們團團圍住歐陽佩嫻，彷彿有不共戴天之仇。最後在居委會的調解下，由肇事者賠償醫藥費七萬二，這件事才算了了。

反觀上官佩嫻，她也不小心讓陽臺上的小擺件掉到樓底，當得知擊中一位老人

110

時，她火速關好門窗，並且第一時間躲進被窩裡。

當物業上門詢問時，上官佩嫻露出無辜的表情，說：「那個時間點，我正在家裡睡大覺，你手裡的小擺件，我見都沒見過。」

由於找不到肇事者，法院判整棟樓（三樓以上）分攤醫藥費。

上官佩嫻對此頗有微詞，一戶3000元，24戶便是七萬二，才破個頭，至於嗎？

（451）

實習醫生小畢跟著醫院領導一起下鄉替孩子們檢查沙眼，當看到那群天真活潑又可愛的小朋友時，他的心情無疑是愉悅的，可是……

"檢查每位小朋友的眼睛前，醫生的雙手必須經過消毒，否則容易相互感染。"小畢對帶隊的領導說。

"消毒就別提了，我們並沒有攜帶免洗消毒液。還有，這個村子長期乾旱，水源非常匱乏，連正常用水都有困難，所以也別洗手了！"

小畢不敢相信自己的耳朵，這不是將孩童的眼睛衛生置於危險當中嗎？

“不，這是不可以的，沒有經過消毒，他們當中只要有一個孩子患上沙眼，其他孩子也會被感染，倒不如不檢查。”小畢說。

見一時說服不了，醫院領導對村長使了個眼色，村長便將畢醫生拉到旁邊講話。講話過後，小畢不再堅持己見，檢查得以繼續進行。

等醫療團隊一離開，這個村子的孩童有一半以上都患上沙眼，衛生部因此下發阿奇霉素片，這玩意兒除了治沙眼外，還適用於敏感細菌所引發的上下呼吸道感染，對於皮膚和軟組織感染、單純性生殖器官感染以及由杜克嗜血桿菌引起的軟下疳等也有療效。

（452）

今天白琳因一件小事和鄰居王奶奶吵起來，越吵越兇，引來看熱鬧的人。

“要我說，這就是妳的不對，晚上11點還烘衣服，當然會吵醒睡眠淺的人。”鄰居姚大姐說。

白琳很少那麼晚烘衣服，要不是明天著急穿，她也不會這麼幹。話說回來，誰規定晚上11點不能烘衣服？

“妳是誰？我烘衣服吵到妳了嗎？”白琳反唇相譏。

“我是誰？”姚大姐揚起聲，“告訴妳，路見不平，每個人都可以拔刀相助，像

妳這種低素質的人，就不配住在本小區
！”

然後的然後，白琳和姚大姐上演全武行
，從電梯口打到樓梯間。王奶奶也沒閒
著，她逃回屋內，躲在門後瑟瑟發抖……

（453）

顧元敏是永興出版社的編輯，某天，她收到陌生人的私信，對話內容如下：

"您好，請問貴出版社的稿費怎麼結？"

"一年一付。"

"能不能快點兒？"

"呃？"

"好比先給錢。"

"沒這個先例。"

"那麼一年大概可以賺多少？"

“ 由市場決定。”

“ 沒底薪嗎？好比一個月五千，一年就
是6萬。”

“ 沒有。對了，你的稿子完結了嗎？完
結的話請寄過來，審核通過再詳談。”

（以下沉默，至今已過去三個多月。）

（454）

某公司HR通知薛螢螢面試，時間就定在後天上午十點。由於自己的租處離該公司約有3個小時的車程，她問HR能不能改在下午面試？HR同意了。

過了幾個小時，她問HR招聘廣告上寫著薪資待遇6ooo元～8ooo元，這是稅前還是稅後？還有，佣金怎麼算？有沒有提供員工宿舍？

"這些等面試時再詳談。"HR答。

"跑那麼一趟遠路也不容易，如果您能現在透露最好，方便我決定去還是不去。另外，我還想知道面試的交通費給不給報銷？"薛螢螢繼續問。

HR停頓了一會兒後，說：“也許妳並不適合這個崗位。”

薛螢螢接連問了好幾遍“為什麼？”，都得不到答覆，再後來更是直接被拉黑。

“小氣鬼！我只不過要求報銷來回的交通費，又沒索要花在路上的時間耗損費。”薛螢螢滿腹委屈地說。

（455）

有一個螞蟻王國把蟻巢蓋在大樹下，數年來一直相安無事。某天，有人在大樹旁挖了個魚池，從此只要雨季來臨，蟻巢就會淹大水，讓螞蟻們苦不堪言。

眼下最好的辦法便是搬家，但沒有螞蟻敢提議，因為那代表得擔責。

轉眼二十多年過去了，這個螞蟻王國已經更新換代無數回，也頻頻受水災之苦，可是螞蟻們依然堅守著，倒是魚池主人沒守住，他把魚池填平後，進城打工去了。

這個故事告訴我們堅持就是勝利，可千萬別做傻事啊！

白　從Dylan的新婚妻子意外去世後，他一直鬱鬱寡歡，做什麼都提不起勁，很快便丟了工作，目前靠救濟金過活。

某天，他來到水族館閒晃，如果不是有位老師正在向一群小學生介紹白鯨，他大概會錯過。

"白鯨是鯨類王國中最優秀的'口技'專家，能發出幾百種聲音，包括人類的聲音……"那個胖胖的女老師說，背後正有一條白鯨游來游去。

Dylan等那群師生走開後才靠過去，隔著一層玻璃，那條白鯨與他對視，清亮的

眼睛讓他聯想起自己那已去世兩年的妻
。

"Jessica." Dylan邊唸愛妻的名字邊撫摸，
若不是有玻璃擋著，他應該可以觸碰到
白鯨的臉頰。

沒想到那條白鯨立刻將臉緊貼玻璃，似
乎在回應Dylan的呼喚。

從此，Dylan 天天向水族館報到，為的
就是看望那條被他命名為Jessica 的白鯨
。

四個月後的某日，Dylan直到閉館前三十
分鐘才進入。

"今天是我太太的忌日，我給她買了束
花送過去。"Dylan 對白鯨解釋，那樣子
像是怕情人吃醋。

沒多久，即將閉館的廣播聲響起。

"我得走了，明天再來看妳。"

Dylan 一說完，白鯨的眼裡流露出不捨
，他遂有了大膽的想法。

等館內其他人都離去後，刻意躲藏起來
的Dylan 才現身，他偷偷穿上飼養員的
潛水衣，然後噗通一聲跳進水裡去。

啊！這真是激動人心的時刻，他倆在水裡嬉戲、追逐，像一對真正的戀人……

"你想買白鯨？"水族館的經理問Dylan。

"是的，多少錢？"

"我想知道你買下它會做何處置？"

Dylan 也想過這個問題，很明顯他沒有飼養的環境，加上白鯨的食量巨大，遠遠超出他的負擔能力。

"我會將它放生。"Dylan 答。

經理很滿意這個回答，所以給了骨折價——兩百萬美元。

Dylan沒被嚇跑，而是要求經理給他時間，經理答應了。

為了儘快籌到兩百萬美元，Dylan 幹起了走私，結果出師不利，第二單就被抓。出獄後的他緊接著幹，就這麼進進出出監獄許多回，終於有一天賺到了想要的金額，他立刻直奔水族館，然而……

"這不是Jessica，"Dylan停頓了一下，"我的意思是白鯨。"

"這正是你要的白鯨，當年它還是個寶寶，現在已經成年，當然看起來不一樣。"

Dylan認識"Jessica"時，它的身長不過一米五，現在則翻了兩翻，還有，它的皮膚顏色從淺灰變成純白，個性也沒有以前活潑，甚至有點兒拒人於千里之外的感覺。

"你還想買下它放生嗎？"經理問。

雖然"Jessica"已不是記憶中的樣子，但Dylan還是決定買下，這才不枉他曾經受過的苦難。

負責運送白鯨的是水族館的飼養員，過去幾年一直是她在照顧白鯨，離別時由她護送，再好不過。

當白鯨入海，激起一陣陣的水花時，Dylan終於長舒一口氣，多年來的努力為的不正是這個？

"我替白鯨謝謝你！你做了一件非常了不起的事。"飼養員說。

"哪裡，我很高興它重回大海。"Dylan答。

"如果不趕時間的話，一起喝個咖啡如何？"她問。

“樂意之至。對了，忘了自我介紹，我叫Dylan。”

“幸會，我叫Jessica。”

“什麼？”

“Jessica.”

這個回答撥動Dylan內心裡的那根弦，他猜想這次也許會發生些什麼，誰知道呢？

（457）

今天小妮和新認識的朋友到超市購物，當看到蔬菜區的某個包裝袋上印著"麥叔叔的野菜園"時，她興奮極了。

"妳認識麥叔叔？"朋友問。

"不認識？"她答。

"那……"

"妳不覺得'麥叔叔的野菜園'一看就很有格調？想必品質也有保障。"

朋友欲言又止，最後把話吞下。

過了幾天，小妮和這位朋友又外出，經過冰淇淋店時，朋友買了香草口味的，小妮看了半天，選了紫色的。

“妳的是什麼口味？”朋友問。

“還不知道，”她舔了一口，“應該是紫薯的。”

“不知道妳還買？”

“這顏色看起來漂亮，吃起來肯定也差不到哪裡去。”

朋友欲言又止，最後把話吞下。

這類的事多了，某天，朋友問她：“妳為什麼和我交朋友？”

“因為妳看起來人畜無害的樣子，肯定是善類。”

朋友原以為是自己的個性和人品使然，結果還是敗給了顏質。

小說家Lily因疫情宅在家裡，她的冰箱裡只剩3顆土豆和一包榨菜。心情欠佳的她，現在也只能寄情於寫作，開頭是這樣寫的：

2032年，地球。

許久未見的傳染病又起，這次的**A**病毒來勢洶洶，幾乎涵蓋整個地球，歷經四年之久才徹底消亡。疫情結束後，有人做出統計，死於**A**病毒及其併發症的人數有兩千萬人，但死於自殺和飢餓的卻高達三千萬，小說家**Lily**正是這三千萬死亡人數中的一個，死前仍筆耕不輟……

（459）

自從預測到全球變暖會引發毀滅性的大洪水，山姆國召集全國的頂尖人才，讓他們製造出一個能飛離地球，並且在宇宙間航行一段長時間的飛行器，待洪水退去後再返回。

這批以格林博士為首的科技團隊很快組織起來，他們日以繼夜地工作，當飛行器即將造好（只剩最後一個步驟）時，大洪水已至。

“快！趕緊起飛。”國務卿說。

“不行，還缺900克的磷才能啟動。”格林博士答。

“哪裡有？”國防部長問。

"海水中有，但一打開大門，水會立刻湧進來將我們全部吞噬。"

一直沉默不語的總統此時開口了，他問除了海水外，難道沒有其他的供應渠道？

格林博士沉默一會兒後，答："動物的骨骼內有。"

此話一出，死寂一片（飛行器只能容納20人，這批政客怕到時候引起暴動，不久前才處死所有的科技人員，只留下格林博士。如今外面汪洋一片，而啟動飛行器需要專業人員，斷不能讓格林博士喪命，這如何是好？）。

"你們不用糾結了，開飛行器並不難，只要按下駕駛室裡的綠色鍵即可。"說完，格林博士縱身跳入助推器燃燒箱內，他身體的磷元素剛好符合所需的克數。

見有人主動捐軀，他們不用犧牲自己，這太好了，20位政客趕緊登上飛行器。當總統按下綠色鍵時，"轟隆"一聲，飛行器果然起飛，他們全體歡呼起來，像勝利的吶喊，煞是好聽！

幾個月後，眼看糧食即將告罄，有人提議返航。

這個提議得到百分百的支持，只是當他們來到駕駛室時，發現除了綠色鍵外，其他顏色的鍵加起來總共有15個之多，到底哪個才是返航鍵？

經過投票，紅色中選。當總統按下紅色鍵時，"轟隆"一聲，飛行器立刻解體，他們全體被拋出艙外，像四射的火花，煞是好看！

（460）

戴維斯教授在某所大學任教，班上的學生來自世界各地。某日，他對學生說：" 期末作業的題目自定，但必須涉及本國和他國。"

到了截止日，每位學生都及時上繳。他一一調出來檢查，發現了一個有趣的現象，那就是從題目當中就能判斷出作者來自哪個國家，以下列舉其中的幾個例子：

1、《甲午海戰後韓日中關係的演變》

2、《日中白江口之戰對兩國的影響》

3、《論法英百年大戰如何影響瓦盧瓦王室》

4、《由克里米亞的歸屬問題看烏克蘭與俄羅斯之間的關係變化》

……

（461）

小玫與大東已經分手好幾個月了，但他還是時不時來糾纏，譬如寫一些感嘆愛情逝去的小作文或者發一些自己委靡不振的視頻，反正怎麼讓小玫糟心怎麼來。

入秋後，大東忽然消失了近兩個月，小玫正慶幸自己終於脫離苦海時，他又出現了，把小玫給堵在巷子口。

"這是我的未婚妻，我們很快會結婚。"大東說，旁邊站著一個看起來有點兒畏縮的女人。

"什麼時候？"小玫問。

"下個月。"他停頓了一下，"妳有沒有什麼話要對我說？"

"……祝你幸福。"她答。

幾天後，小玫收到一束黃菊。眾所周知，黃菊是用來祭奠死人的，但小玫一點兒也不在意，反而鬆了一口氣（前男友咀咒她死，代表恨到骨子裡，這事終於能畫下句號）。

黃菊後來被小玫養在大口瓶中，直到完全凋零為止……

（462）

"**如**果妳把今天的事說出去，我會殺了妳的爸爸、媽媽和弟弟，聽到了沒？"

說話的是朱叔叔，因為一時落難，被雨霏的父親收留，供吃供住，可是他卻做出人神共憤的事。

半年後，這位披著羊皮的狼才找到工作搬出去，可是雨霏的惡夢並沒有結束，因為男人會在放學的路上堵她，然後把她帶進小旅館內逞獸慾。

年紀漸長後，雨霏終於知道自己經歷了什麼，她有了羞恥感，也懂得反抗。

"聽著，如果妳不聽話，我會殺了妳的爸爸、媽媽和弟弟，聽到了沒？"朱叔叔再度恐嚇她。

這次雨霏依然順從，但書包裡已藏好了一把刀……

（463）

Hans因為涉嫌在網上散佈謠言，被提起公訴。

"你認不認罪？"法官問。

"不認。我所說的每一條後來都證實是對的，好比傳染病即將大流行和隨後引發的經濟吃緊。"

法官沉默一會兒後，說："根據你的陳述，這的確不是散佈謠言，而是故意洩露國家機密罪。依情節嚴重的程度，我判處你一年有期徒刑，若不服，十日內可提起上訴。"

"我……我……"Hans頓時五雷轟頂，連話都說不利索。

（464）

林英超和女友小芳之間的矛盾越來越多，他打算等完成手中這部戲的宣傳活動就攤牌，誰能想到——他爆紅了。

"關於這部戲，我已經問得差不多了，現在聊點兒八卦，你和女友什麼時候結婚？或者有結婚的打算嗎？"記者問。

答案就是沒有、不可能、完全沒希望，但林英超不能這麼答，只能對著鏡頭含糊其辭帶過。

這個反應讓小芳有了危機感，她時不時給林英超施壓，軟硬兼施，好比昨天還溫柔似水，今日便語帶恐嚇地說："聽著，我跟了你近十年，為你墮胎過兩次，你現在如果想甩掉我，我不介意魚死網破，把你那點兒破事全抖出來。"

由於小芳越來越沒有安全感，脾氣也變得陰晴不定，林英超越來越害怕和她在一起，這形成了惡性循環，最終在某天爆發出來——他和小芳領結婚證了。

林英超是這樣想的，最壞的狀況就是離婚，讓小芳帶走一半的家產，這也好過自己的事業剛起步就結束（只要他紅得夠久，這點兒損失根本不算什麼）。

然而他還是失算了，小芳那個一無是處的笨女人竟然出書，而且紅得一塌糊塗，大有億萬作家的趨勢。當某個製片人要他回家問老婆能不能把魔道祖師系列的電影版權讓出來，代價是讓他在劇中露個臉時，林英超有了危機感。

夜裡，這個男人越想越不對，翻身抱住老婆，說："聽著，我跟了妳十多年，為妳戒菸過兩次，妳現在如果想甩掉我，我不介意魚死網破，把妳那點兒破事全抖出來。"

當Zoey打進全球女網排名前五十時，有人聯繫她代表河蜆國出戰，條件是兩百萬美元的獎勵，來日若獲得前三甲，獎金另計。

河蜆國在體育界的表現一向平平，所以極需體壇明星的出現來凝聚國人的向心力。

Zoey考慮了一個下午就決定"倒戈"，白鶴國的人民感覺自己被背叛了，紛紛對她口伐筆誅。Zoey才不管這些，關了社交平臺後，轉身飛向河蜆國。

在代表河蜆國出戰的十年裡，Zoey的排名節節攀升，當拿到大滿貫時，那簡直是人生中的高光時刻，名和利齊齊向她飛來，她成了河蜆國人民的驕傲和偶像，可說是達到呼風喚雨的程度。

然而運動員的青春有限，當Zoey跌出全球女網排名前五十時，她做出了驚人的決定——把河蜆國護照換回白鶴國。

河蜆國的人民感覺自己被背叛了，紛紛對她口伐筆誅。Zoey才不管這些，關了社交平臺後，轉身飛回白鶴國。

在代表他國出戰的十年裡，Zoey在本國的名聲臭了，但白鶴國還是不計前嫌地接納她，畢竟有個億萬富豪回歸，多少能帶動國內經濟，比起那些碌碌無為的人，可要實用很多。

（466）

Kobin因為發表反政府言論而被抓，但他依舊沒意識到自己的錯誤，逢人就散佈他的反動思想，讓典獄長很惱火，下令手下要好好"教育"他。

當Kobin被打得死去活來時，一位獄友替他處理傷口，並把自己節省下來的口糧留給他吃。

"謝謝！你是個好人。" Kobin說。

"別跟自己過不去，有句話'留得青山在，不怕沒柴燒'，只要佯裝聽話，很快就能出去。"獄友答。

"政府殺了我的家人，我反正已經將生死置之度外，所以不介意讓天下大亂。"

獄友問政府為什麼要殺他的家人？於是
Kobin把前因後果都交待了，包括那個曾
經試圖阻止滅門慘案發生的恩人。

過了幾天，一位叫Jimmy的人被抓了進
來，他看向Kobin，滿臉怨恨。

Kobin轉身想找獄友問清楚，可惜再也找
不到，倒是獄警裡有個人看起來似曾相
識，當他對Kobin微笑時，Kobin不寒而
慄……

（467）

Eleana是賽洛國的公主，從小接受嚴格的宮廷禮儀訓練，知道如何表現出優雅的體態和合宜的談吐，就算一隻老鼠突然出現，她也不會驚慌失措，而是以不急不徐的語速告訴身旁的侍女："Alice，麻煩將這位不速之客請走，謝謝！"

誰也沒料到一向平靜的賽洛國後來會捲入戰爭，並且兵敗如山倒，導致Eleana不得不與家人一起喬裝逃亡。在潛逃的過程中，王室一家遭遇了背叛，隨從們把所有值錢的東西全帶走，以前高高在上的一家瞬間變窮了，這個落差讓國王和王后一夜白頭。為了活命，他們開始變賣身上的首飾，但亂世裡根本賣不到

好價錢，終於到了一分錢都沒有的地步
。

"父王，母后，你們別擔心，孩兒自有
辦法解決溫飽問題。" Eleana公主說。

後來人們在集市裡看到一群賣藝人，模
仿起王室成員惟妙惟肖，像真正的貴族
……

（468）

小玟在咖啡店喝咖啡時，坐在隔壁的外國人用怪聲怪調的普通話問她："妳是不是結婚了？"

"沒有，你為什麼這麼問？"

"因為妳戴著戒指。"

小玟的左手無名指上戴著一枚彩寶戒指，買它純粹因為好看，沒有特殊意義。

"在中國，女人把結婚戒指戴在右手的無名指上。"小玟解釋。

那個外國人告訴她——西方國家流行把婚戒戴在左手的無名指上，男女都一樣。

因為婚戒這個話題，小玟認識了來中國學習漢語的法國人Rajiv。由於相談甚歡，他們相約待會兒一起吃壽司，那是Rajiv最喜歡的食物。

小玟不喜歡吃生冷的東西，但她沒說反對的話。

等他們從壽司店出來後，Rajiv又約她小喝一杯，地點就在他家。

第一天認識就到男孩子家，小玟感覺很不妥，但為了不拂他的熱情，小玟還是去了，可是一進到公寓內，Rajiv就動手動腳，讓小玟臉色大變。

"你不來？"他問。

"我認為我們的關係還沒好到那個程度。"

然後Rajiv放開她，徑直走向臥室，留小玟一個人在客廳內。

小玟走也不是，不走也不是，杵在那裡無所適從。

十幾分鐘過去後，Rajiv走了出來，當看到她時，很訝異地問："妳怎麼還沒走？"

“你難道沒有話對我說？”小玟很委屈地反問。

Rajiv想了一下，答：“在我的國家，如果沒有提供性服務，不需要付費。”

聽完，小玟氣得捶打他一下，然後奪門而出。

（469）

怪病肆虐，簡博士及其團隊已經花費兩年多的時間在研發新藥上，眼看就要成功，沒想到噩耗傳來。

"為什麼？"簡博士問。

"因為你的效率太令人失望，所以國家指派由我接管。"張博士答。

簡博士和張博士一直有瑜亮情結，暗地裡較勁已經不止一回。

"連同我的團隊一起接管？"簡博士又問。

"沒錯。"

這是明目張膽地剽竊別人的辛苦成果（簡博士可以想見幾個月後新藥上市，張博士成了大功臣，甚至留名青史）。

簡博士意氣消沉地回到實驗室，他有半小時的時間收拾東西，然後再也無法回到這裡。

思來想去，簡博士把手伸向電腦，那裡有所有的研究數據……

（470）

傳染病大流行，所有人都被禁足在家，物資缺乏成了大問題。

吉岡一郎頂著被傳染的風險發起團購，每天早出晚歸，結果沒多久就進了看守所，罪名是哄抬物價。

"兩把青菜、一根胡蘿蔔、幾個乾癟的蘋果就要了我5000日元，這不是強盜行為嗎？"仲間真希為自己的告密行為辯解。

"殺雞儆猴"的結果，現在無人做團購，仲間真希被網暴到重度抑鬱，但無人同情她。

蘇蕎汐15歲就中了秀才，被譽為神童，然而接下來的舉人之路卻很坎坷，直到五十多歲還在奮戰，成了全村的笑柄。

這一天，幾個紅衣官人騎著馬來報喜，原來蘇蕎汐中了舉人。

這個好消息讓蘇母老淚縱橫，總算是盼到了，也不枉費這幾十年來的苦苦堅持。

當鄉親們紛紛登門道賀，蘇母還沒來得及換身好點兒的衣服見客時，蘇蕎汐……瘋了。

剛開始，大家以為這是歡喜瘋，沒多久就會恢復正常，所以依然送來喜錢和禮物，幾個有待嫁閨女的人家甚至上門求婚事，可是幾天過去後，新科舉人依舊瘋瘋癲癲，情勢立刻反轉。

“老夫人，我上回送的雞太小，不成敬意，容我拿回去，等養肥了再送過來。”佃戶陳氏說。

這還是比較客氣的說法，多數人直接上門討要，一點兒羞色也無。

“兒呀！好不容易盼到你中舉，你卻瘋了，為娘的怎麼就這麼命苦？”蘇母邊說邊掉眼淚。

也不知是不是上天憐憫，蘇薦汐漸漸安靜下來，不再瘋言瘋語，幾日過後，竟然好了，看起來與常人無異。這下子散去的人群又聚集起來，被討要回去的喜錢和禮物重新回到蘇家。

“老夫人，上回的雞養肥了，連同生的蛋都被我一併送過來，您請笑納！”佃戶陳氏涎著臉說。

（472）

莊惜海是一名腦癱患者，從小他就知道自己不一樣，這個"不一樣"讓他時不時思考起自己存在的意義，可惜總是想不通透。

某天，他搖搖晃晃地上街去，和往常一樣，路人多半會刻意移開目光，但他還是看到了幾雙憐憫的眼神。

"不，我不需要你們可憐我。"莊惜海邊想邊加快腳步離去，結果一個不小心，跌成了狗吃屎。

一個女孩立馬跑過來，很關心地問："你還好嗎？讓我扶你站起來。"

莊惜海嘴裡答不，但女孩還是助他一臂之力。

155

「謝……謝謝……妳。」莊惜海說。

「不客氣。」女孩把眼睛笑成彎月形，「看你走得這麼急，我就知道一定會出事，以後記得走慢點兒喔！」

因為這句話，莊惜海又開始思考起自己存在的意義，這次他有了比較清晰的思路——也許他的存在是為了激發人們的慈悲心，好比上帝埋下的雷，用來炸開每個封閉的心靈。

這個想法解開了莊惜海多年以來的心結，以前他總要懷疑自己上輩子做惡多端，所以這輩子受苦受難，現在不一樣了，他翻身成了上帝的使者，身份上的轉變可不是一星半點。

看倌們，想想你們的身邊可有這樣的使者？如果遇到了，請記得告訴他們這則故事，因為使者有時會忘記自己的高尚使命，反而低到塵埃裡……

（473）

大學時期的好友結婚，沈舒雅當然不會錯過，為了表誠意，她還包了2888元的禮金，這個金額對於入職才一年的人來說，算是大手筆的了。

等婚宴一結束，每位來賓都收到新人準備的回禮，比較特別的是禮盒有大有小，上面還分別標上名字，彷彿怕有人拿錯似的。

回家後，沈舒雅立即拆封，有種開盲盒的喜悅，可是……

"怎麼是小瓶裝的沐浴露？雖然一年多未見，但在校期間我倆的交情可好了，何況我還包了2888元的禮金，這……這未免也太寒酸了！"沈舒雅心想。

過了幾天，沈舒雅和新娘子小芹的共同朋友陸續曬出結婚回禮（有的拿到叉勺；有的拿到餅乾；有的拿到咖啡粉；有的……），雖然都包裝得非常漂亮，但改變不了"禮輕"的事實。

"其實小芹待我還是挺好的，送的是歐詩丹的沐浴露，聽說這是法國最好的牌子。"沈舒雅心想。

（474）

為了讓別人高看他一眼，江學波買房買在本市最高檔的小區，考慮到採光問題，他避開低層和朝向不好的房，這讓他的房貸壓力又加大了。

說起江學波的經濟狀況，他的月收入一般，手裡的現錢也不多，但經過貸款公司的喬裝打扮後，成功貸到款，他不禁欣喜若狂。

江學波事後回想，在買房這件事上所得到的快樂就那麼短短幾天，因為"掏空家底"後，他已無力裝修，只能住在毛坯房裡，傢俱還是克難式的。還有還有，當初買房考慮到採光，現在為了還房貸，上班以外的時間都拿來跑外賣，每天不到三更半夜不回家，所以採光好不好已經沒什麼差別。

這一天，他經過公司的茶水間，裡面傳來說話聲，他不由自主地停下腳步。

"聽說江學波那小子在百合小區買房了。"

"真的假的？"

"反正人事那裡的地址是這麼寫的。"

"呵！憑他那點兒工資，怎麼買得起呦！"

"也許人家是富二代也說不定。"

"拉倒吧！富二代身上都有貴氣，哪像他，一身的窮酸氣。打個賭，我猜那房子是租的，而且還是群租，這才解釋得通。"

……

那天下班後，江學波破例沒去送外賣，而是聯繫仲介。

“喂，我是百合小區A棟1203的業主，我想掛房出售，55平米，12層，朝向好，採光佳，價格好商量……”他說。

（475）

陳市美來自農村，家境貧寒，18歲便在父母的安排下與同村女子秦湘蓮結婚。由於年紀輕輕便成了家，陳市美羞於啟齒，到大城市讀書和就業時，對外皆以未婚自居。事實證明這個決定是對的，如果不是未婚的身份，他不可能與老闆的女兒趙還鈺訂婚，並且即將走入婚姻殿堂。

"市美，我們都要結婚了，倘若你的家人還像訂婚宴一樣無人出席，這不挺奇怪的？"他的未婚妻說。

"我的親戚全在美國，如果請了這個，不請那個，多不好意思，可是若全請，他們分別住在不同的州，光是機票和酒店錢就是一大筆開銷，我寧願把錢省下來做更有用的事。”

“別人不參加沒關係，但你父母總得參加吧？！我又不是嫁給孤兒！”

陳市美本來還想找理由推脫，但看自己的未婚妻嘟著嘴，一副不滿意的模樣，他心想“醜公婆早晚得見媳婦”，若到了美國，豈不是更難找到藉口？於是改口會讓自己的父母從美國飛回來參加婚宴。

到了婚宴那天，陳市美的父母果然現身（父親氣宇軒昂，看起來像個成功人士；母親氣質絕佳，頗有大家閨秀的風範），如果不是那個鄉下女人“扶老攜幼”地出現，這場婚宴堪稱完美！

“市美，他們是誰？”新娘子問。

“我不認識。”陳市美氣急敗壞的，“保安在哪裡？還不快把這些人帶走！”

陳市美的父母和妻兒後來被幾位保安很粗魯地帶走，婚宴繼續進行著，但已經沒有原來的和諧與美好，每個人都各懷心事。

夜裡，陳市美在婚房內向自己的妻子下跪，很掏心掏肺地說：“鈺，如果不是太愛妳，我何苦步步為營？今天妳看到的老人的確是我的父母，但那個黑瘦的女人卻不是我法律上的妻子，我和她沒領結婚證。”

“那個孩子呢？”

“那是酒後衝動的結果，放心，他會永遠留在鄉下，不會影響到我們的幸福生活。”

就這樣，在生米已經煮成熟飯和新婚老公的再三保證下，趙還鈺接納了既定事實，然而事情還得解決。

陳市美後來給鄉下家人蓋了棟新房子，並且按月給家用，從未間斷過。那個“被休了”的秦湘蓮也逐漸接受自己的宿命，咬牙把家撐起，心中只有一個盼頭，那就是照顧好老小，等兒子長大了，她也就苦盡甘來……

故事中的陳市美和戲曲裡的陳世美一樣渣，但前者安然無恙，後者卻被包拯給送上龍頭鍘，差別在於有沒有把人給逼急了（逼急了，兔子還咬人呢！）。

$$（476）$$

苗爺爺是這個偏遠村莊的手藝人，他擅長製作人偶，人們總能見他一天到晚地忙活著。

"苗爺爺，昨天你還在做男寶寶，怎麼今天換成女寶寶了？"鄰居龔琳玉問，她嫁到這個村子還不到一年。

"男寶寶做好了，已經賣了，所以今天開始製作女寶寶。"

"賣了？怎麼沒看到買主？"

苗爺爺做的人偶如真人般大小，若真賣了，起碼也得有人上門取才是。

"昨天夜裡取走的。"苗爺爺用力咳嗽兩聲，"我感冒了，妳還是離我遠點兒，免得被我傳染。"

龔琳玉邊嘀咕邊離開，她的睡眠淺，昨晚可沒聽到任何不尋常的聲音。

幾個月後的某日，苗爺爺突發心臟病去世。村幹部上門整理遺物時，發現了屋內的人偶。

"這是苗爺爺生前做的最後一個人偶，我也是第一次看到成品。"鄰居龔琳玉忽然現身說。

"要不……妳拿走吧！"村幹部說。

龔琳玉心想既然苗爺爺的作品能賣錢，興許她也能發筆小財，於是接收了，只是這個女寶寶的嘴唇發白，看起來很不美觀。

聽龔琳玉這麼一說，村幹部在屋內搜尋了一下，不一會兒便發現紅色塗料，拿它塗在人偶的嘴唇上，這下子順眼多了。

當村幹部忙著"塗口紅"時，龔琳玉發現他的右手食指上有個花生大小的胎記。

"你的右手食指上有個胎記，我愛人也有。"她說。

“據我所知，這個村子的每個人都有同樣大小的胎記在同一個位置上。”村幹部答。

“是嗎？”

話甫歇，龔琳玉把眼光落在女寶寶的右手食指上，那裡也有一個花生大小的胎記……

（477）

老婆：今天我看到一則新聞，是真人真事，有個男人半夜爬起來把家裡僅存的3○個水餃全煮了吃，也不管疫情期間被管控，購物變得很艱難。

老公（內心獨白）：這絕對不是重點，接下去聽。

老婆：我還看到另一則新聞，也是真人真事，疫情期間封城，家裡只剩兩包泡麵，結果男主人泡了兩碗，一碗給自己，另一碗給老婆和兒子。這還不是最離譜的，最離譜的是那男的吃一包半，他老婆和兒子分吃○.5包。

老公（內心獨白）：這依然不是重點，
接下去聽。

老婆：那個和兒子分吃0.5包泡麵的女人
說她以前柔情似水，但現在動不動就破
口大罵，難道她願意？把女人逼瘋的向
來都是絕頂自私的男人。告訴你，如果
你還像從前那樣對我，我絕對......

老公（內心獨白）：這才是重點，不用
接下去聽了。

（478）

劉亞易一進大學就定下一個偉大的目標：非校花不追。

他劍及履及，第一個落入他眼裡的是大三學姐，她已經蟬聯兩屆本校校花。

在一番死纏爛打下，目標物被他收入囊中，此時重頭戲來了。

"最近你老不見人影，怎麼回事？"校花學姐問。

"實話告訴妳，家裡為我定了一門親事，我正愁不知如何向妳開口。"

"意思是我被甩了？"

"妳也可以說是妳甩了我，只要妳開心，怎麼說我都無所謂。"

校花學姐給了劉亞易一個大耳刮子，然後揚長而去。

你以為劉亞易就此收手？才不呢！大學四年裡他故技重演，對象直指學校周邊的幾所大學，少數幾位還是異地戀。

每個被甩的校花都宣稱是自己甩了劉亞易，劉亞易從不拆穿，最大限度地保護住她們的面子。說起來，這小子還挺上道的。

轉眼四年過去了，拿到學位的劉亞易進入家庭企業工作，一年後與百代餐飲集團公司的太子女成婚。婚宴上，體重近兩百斤的新娘笑得燦爛，而新郎的表情卻相當複雜，像是從容就義的勇士……

（479）

這次的總統候選人有三位：布萊克、加西亞和瓊斯（前兩位勢均力敵，第三位則差點兒意思）。

別看瓊斯處於下風，但他鬥志高昂，不僅勤走基層，辯論會上的表現也可圈可點，漸漸的，他的支持率上來了，達到12%。誰知道此時的他卻選擇退出競選，轉而和家人飛往馬爾代夫度假，臨上機前，有記者問他對這次選情有何看法？

"布萊克和加西亞都是傑出的政治家，不論哪個當選都是國家的福氣。"他答。

兩個禮拜後，投票結果出籠——布萊克勝出，他和加西亞的票數只相差五百多票。

布萊克上臺後，馬上任命加西亞為國務卿，瓊斯為勞工部長（這兩人又各自帶著自己的團隊走馬上任）。

這才是高端玩家的玩法！

（４８０）

石頭國是第一個支持"地球是方的"的國家，這個理論已經相傳好幾百年，一直無人質疑，直到流水國的科學家提出"地球是圓的"，並且獲得大多數國家的認可，石頭國才陷入空前未有的信任危機。

"地球是方的，這個無庸置疑。"石頭國的國王說。

"可是……"

宮相還未表態完畢，石頭國的國王便阻止他發言，再次強調"地球是方的"，現在該做的是讓全民接受這個理論，如此而已。

當所有的國家都認為"地球是圓的"時，
石頭國仍堅信"地球是方的"，沒辦法，
頭洗到一半，怎麼也得繼續洗下去，否
則就等著被笑話！

（481）

Barbie下機經過海關時，紅頭髮的海關人員問她那瓶無色液體是什麼？

“那是我在巫術市場買下的藥水，聽說能讓人聽命於己。”她答。

“抱歉！這是違禁品，我得沒收。”

“怎麼就違禁了？它既不是毒品也不是毒藥，如果有任何問題，早被禁止售賣了。”

海關人員還是搖頭，Barbie只好放棄爭論，乖乖上繳。

這位一絲不苟、不講情面的執法人員叫Laura，她和有婦之夫Kyle已經祕密交往五年，可是一直無法扶正，聽說那瓶藥水的神奇功效後，她暗中把"違禁品"帶回家。

幾天後，Kyle來家裡幽會，Laura悄悄地把藥水倒進紅酒裡，哪知她最愛的男人喝完後忽然腹痛如絞，她趕緊叫來救護車。

當警察訊問她時，Laura意識到說實話會丟工作，只好佯稱藥水是自己託人從巫術市場買來的，為的是讓愛人能夠更加愛她。

法官後來判Laura過失傷人，除了承擔所有的醫藥費之外，還得做200個小時的社區服務工作，而更加悲催的是Kyle在得知"真相"後，立馬與她劃清界限，轉身投向自己的老婆。

"你知道錯誤就好，不過我的原諒只有一次，倘若你再和那個女人藕斷絲連……"

話還沒說完，迷途知返的男人便答："放心，我絕不會再和女巫有任何聯繫。"

夜裡，Kyle的老婆躲進廁所內，當另外一半的費用也付清時，她立即拉黑對方，無一絲猶豫。

（482）

妮可的家族背景十分顯赫，爺爺經營有名的花系列酒店，父親管理對沖基金，屬於祖業強大一族，偏偏妮可不按理出牌，老做一些讓家族蒙羞的事，氣得她父親多次因血壓驟升而入院。後來聽從他人的建議，這位心力交瘁的男人出資讓女兒拍電影，心想有個事業忙，她就不會到處惹事生非，結果錯判了，帶資進組的妮可拍到一半就罷演，反而與認識不到兩個月的小男友拍性愛視頻去了。

"妳到底是怎麼想的？非得讓我這張老臉掛不住才開心嗎？"她的父親質問。

"沒錯，你越羞愧，我越開心；你十分羞愧，我十分開心。"妮可答。

她的父親氣得一巴掌甩過來，結果被妮可給空中攔截。

“聽著，我不再是那個任人擺佈的小女孩，當年你所犯下的惡行，我將以同等的惡行奉上，否則無法向你致敬。”妮可憤恨地說。

現在上到達官貴人，下到販夫走卒，只要花上幾美元就能看光史密斯家族惟一女繼承人的赤裸胴體，還有比這個更加羞辱的事嗎？然而即使妮可的父親將市場上的所有碟片全買光，沒多久又會有新碟片出來，買的速度根本趕不上拍的速度。

“我放棄了，她想幹啥就幹啥，我權當沒這個女兒！”妮可的父親說。

“你……”妮可的爺爺停頓了一下，“你是不是對她做了那件事？”

妮可的父親沉默了一會兒後，答：“我對她做的事跟你當年對我做的事一模一樣，我這是在向你致敬。”

然後長長的嘆息聲傳來……

也只有這時候，尋常人才能感覺到一絲的公平，原來豪門家族也有一堆破爛事（也許更加不堪）。

（483）

怪病來襲，被傳染上的人會不停地跳舞，直至身體機能耗盡為止。

"總統，這可怎麼辦？"與會高官問。

總統思考了一下，決定射殺染上怪病的人，藉以掐斷傳染源。

"可……可是他們還活著呀！"衛生署署長說。

"他們的存在會引起民眾恐慌，同時還會傳染給別人，兩害相權只能取其輕了。"總統辯解。

當代號為"清零行動"的命令一出，所有染上怪病的家庭紛紛關上大門，警察不

180

得不強行闖入，頓時槍聲、哭喊聲四起，慘絕人寰也不過如此。

這一天，總統接到女婿的來電，語氣相當急躁。

"出了什麼事？"總統問。

"你來了就知道。對了，請一個人進來，別帶保鏢。"

總統立刻趕往，同時命令保鏢守在門外。

進屋後，總統看到一個不停跳舞的女人，眼神帶著驚恐，嘴裡喊著："爸，救我！"

總統心如刀割，想上前擁抱卻又害怕被傳染，內心很是糾結。此時，敲門聲響起。

"總統先生，警察正在做例行檢查，請開門。"門外的保鏢說。

總統曾下令任何人不得拒絕警察的檢查，有違者，可破門而入。

毫無疑問，總統陷入兩難之中。考慮過後，他走出屋外，果斷地告訴警察："裡面無人得到怪病。"

"可是……"

“你知道我是誰嗎？你對我所說的話有任何疑問嗎？”

最後警察摸摸鼻子走人。

“聽好了，”總統對保鏢說，“你們守住這個門，任何人都不允許進入，直到我取消‘清零行動’為止。”

（484）

Jesse在沙漠中遇到一個小男孩，她問：“你叫什麼名字？為什麼會在這裡？”

“我叫Ned，之所以在這裡是為了遇到妳。”他答。

後來Jesse把小男孩帶回家，供吃供住，等大一點兒時，還供他上學。

某天，Ned說他要去一個很遠很遠的地方，再也不回來了。

“我對你不好嗎？”Jesse問。

“妳對我很好，但時間到了，我得走了。”Ned答。

其實當年沙漠中的小孩不止一位，Jesse
也不明白為什麼獨獨挑中Ned，也許這
就是緣份（想必當年挑中自己的女人也
是這麼想的）。

（485）

聽說運動能延長壽命，張琦遂遊說自己那個四體不勤的老公和她一起動起來。

"妳看每天運動幾小時合適？" 她的老公問。

" 早上一小時，傍晚一小時，我看足夠了。"張琦答。

" 也就是兩小時？那相當於一天當中有 1/12 的時間拿來做運動，嗯……"張琦的老公做沉思狀，" 我不知道此舉能否延長壽命，但首先就浪費掉我 1/12 的生命，風險太高了，我看還是免了吧！"

張琦很想說些什麼，卻發現無法反駁，只能摸摸鼻子走開。

丁總是超級富豪，為了延長壽命，一年換血四次；小兆不一樣，為了了結性命，一年已自殺四回。

想想也沒什麼不對，好比打麻將，向來都是順風順水的人想繼續玩；時運不濟的人想收手；運氣不上不下者且走且有風（若是不走，一世也無風）。

（487）

景和最近有發熱、乏力、咽痛、腹瀉、體重下降等症狀，經過一連串的檢查後，醫生宣佈他染上艾滋病。

聽完，景和五雷轟頂，怎麼也不肯相信這是事實！

時間往前推半年，景和在網上認識了一個叫菊之丞的日本人。

"你真的叫菊之丞？"景和興奮地問。

"如假包換。"那人答。

景和喜歡看日本漫畫，尤其喜歡《航海王》裡那個外表像女人，實則為男人的劍士——菊之丞。

因為這層關係，他倆在網上談得極好，只是後來漸漸變了味，往網戀的方向發展。

有一天，景和問菊之丞是否也像漫畫裡的人設一樣（外表是女的，實則為男人）？

"你來日本見我，不就知道了？"菊之丞答。

景和剛好攢了年假沒用，當下便約定年末見面。

他們兩人的第一次見面在成田機場，景和第一眼便淪陷了。

"看到真人，你有沒有失望？"菊之丞問。

"沒有，妳比漫畫裡的菊之丞還要漂亮。"他答。

接下來他倆在東京度過一段美好時光，像真正的戀人一樣。戳破那層窗戶紙是在景和即將飛回國內的前一天晚上，這是景和的第一次，卻不是菊之丞的第一次。

次日，當陽光灑進屋內時，景和躊躇該不該給錢？後來還是給了，因為他寧願這是場交易，兩人從此再無瓜葛……

“你一時難以接受可以理解，”那個戴眼鏡的醫生說，“當下最要緊的是馬上進行治療，同時我們也需要對你的性伴侶做檢測。”

“沒有所謂的性伴侶，我的第一次給了‘小姐’，她是居住在日本的性工作者，查起來有難度。”景和答。

其實景和的第一次並沒有給“小姐”，而是給了“先生”，但回答“小姐”的壓力會小點兒（雖然一樣上不了臺面）。

有個國王發佈命令：＂從今天起，所有農戶一天只吃一頓，時間定在太陽下山後，有違者，關大牢！＂

大臣們面面相覷，最後宮相開口了：＂陛下，我等愚昧，請明示這條命令的用意。＂

＂如果大家都少食，農民就無需多耕種，省下來的時間可以用來享受生活，而之所以規定在太陽下山後，那是因為這個時候的溫度正好，伴著晚風吃飯，多愜意！＂

話一說完，每位大臣的臉上露出迷惑的表情，但只一會兒的工夫便換上另一張面孔，紛紛讚揚國王的睿智。

新命令一公佈，農民們苦不堪言，他們需要體力才能工作，長時間的空腹和突然的暴飲暴食讓農民的胃都出現大小不等的問題。主要勞動力的大人們尚且如此，小孩和孕婦就更別說了，哀號聲四起。

新政執行過一段時間後，國王決定下鄉巡視，所到之處一片祥和。

"一天吃一頓，過得是不是比以前好？"國王問其中一位農民。

"是的，陛下。在您的英明指導下，我等愚民過著富足安康的幸福生活。"該農民畢恭畢敬地答。

國王很滿意這個回答，正要離開時，一名孩童衝出來擋住國王的去路。

"我媽媽大肚子，她需要吃的，我也餓了。"孩子說。

"誤會，誤會。"村長趕緊摀住小孩的嘴，"這個孩子有精神疾病，會胡言亂語，請陛下見諒。"

國王鬆了口氣，原來是個小瘋子！

"沒事，我怎麼會跟一個病人計較？"國王表現大度地說。

巡視過後，國王更堅定自己的決策沒錯，既然這樣，何不普及？

“從今天起，上至達官貴人，下至販夫走卒，一天皆只吃一頓，時間定在太陽下山後，有違者，關大牢！”國王說。

這下子大臣急了，一個接一個地跳出來反對，眼看國王的臉色越來越難看，體重至少兩百斤的宮相選擇站在國王這一邊。

“我認為這條新命令太好了！既然好，怎麼可以漏掉國王？國王也應共享美好生活才是。”他說。

國王想想也對，遂把範圍擴大到每個人，包括他自己和後宮佳麗。

新命令頒佈後，僅一天的工夫便撤回，原因已無人追究，倒是人民自主來到王宮前，大喊：“國王萬歲、萬歲、萬萬歲。”

此時的國王感動得無以復加，他終於深刻地體會到自己有多受人民愛戴！

（489）

錢璐璐在朋友圈裡發佈家裡狗子的照片，獲得一致好評，大家紛紛吹起彩虹屁。

看反應良好，錢璐璐又陸續發了好幾張，可是卻沒有第一次來得熱烈，於是她改發視頻，這一次雖然激起水花，得到一些讚美，但還是達不到第一次的盛況。

心灰意冷下，錢璐璐停止發佈任何有關狗子的消息。

某天，她做了一道西紅柿炒雞蛋，隨手發到朋友圈，結果獲得一致好評，大家紛紛吹起彩虹屁。

看反應良好，錢璐璐又陸續發了好幾張，可是卻沒有第一次來得熱烈……

總結的經驗是——第一次最香，接著每況愈下，所以最佳狀態便是經常保持神祕感，這樣偶爾一出手才能博得滿堂彩。

（490）

泰莎惟一的兒子入獄，她每天茶不思飯不想，沉浸在無窮盡的悲傷之中，直到國王將到廟宇上香祈福的消息傳來，她才又有了精神。

那天，泰莎起了個大早到廟裡守候。僧人趕了她幾次，要她站在黃線外，泰莎嘴巴應允，不一會兒的工夫又溜進廟內。

當國王進到廟裡時，隨行保鏢以為泰莎是寺廟的工作人員，所以沒有驅趕她。就在國王上完香之後，泰莎一個箭步衝上來，給了國王致命的一刀。

次日，國王的死訊傳來，舉國震驚。

根據這個國家的慣例，國王仙逝必有特赦，通常會減刑1/2。如此算下來，泰莎的兒子出獄時差不多34歲，還可以有個美好的未來，至於殺人犯泰莎……她早將自己的生死置之度外，只要兒子的黃金歲月不在牢裡度過，怎麼樣都行。

（491）

劉知縣害死姚玉蘭的父親，她一直想報殺父之仇，可是她只是一名弱女子，如何能辦到？

思來想去，她決定去求地方上的惡霸——董大昌，只要他肯殺了劉知縣，什麼條件都答應。

"嫁給我也行？"他問。

董大昌不僅壞事做盡，還到處沾花惹草，這樣的人怎能委身下嫁？但姚玉蘭管不了那麼多，只要能殺死劉知縣，再大的代價她也願意付。

誰能想到董大昌在佔有了姚玉蘭之後卻遲遲沒有行動。

「你不是答應我要殺了劉知縣嗎？」姚玉蘭問。

「殺人得償命，何況殺的還是地方官，妳當我傻？」

姚玉蘭氣不打一處來，諷刺他說大話，沒那個本事，卻畫了好大一個餅，丟不丟人？！

「既然妳提起，那我挑明了說，妳這是以小搏大，利用小成本讓別人代妳去死，說到底，妳才是最惡劣的那一個！」

姚玉蘭面紅耳赤，因為這的確是實情。

「就算我以小搏大，你可以不答應呀！為什麼要騙我？」說完，她聲淚俱下。

「有便宜不佔，妳當我傻？」

這個回答徹底激怒姚玉蘭，她拔出頭上的髮簪刺向董大昌。董大昌一個閃躲不及，當場血流如注，沒多久便沒了聲息。

姚玉蘭嚇壞了，怎麼自己就成了殺人犯？

想到米已成粥，橫豎死路一條，那還有什麼好顧忌的？於是直接殺到縣衙裡……

“衝動”這個傢伙給了姚玉蘭勇氣，但如果沒有“無退路”的幫忙，恐怕還殺不了劉知縣。說穿了，只要“衝動”和“無退路”兩兄弟一聯手，就算繞指柔也能化為百煉鋼。

（492）

總理向國王報告監獄人滿為患，國王沉思了一下，答："再過幾天就是父親節，藉著這個節日，我大赦天下吧！"

國王是這個國家的父親，父親原諒犯錯的孩子天經地義。

經過這輪大赦，約有3萬名囚犯獲得赦免出獄。

父親節過後沒多久，總理又向國王報告監獄人滿為患，這次國王以母親節的名義大赦天下。

直到所有的節日都使用完畢，總理仍抱怨監獄住不下，國王這才意識到不對勁，問：“按理說，我釋放的犯人起碼也有好幾十萬人，怎麼還是不夠住？”

“陛下，您的恩澤也普及死刑犯，當死不死，甚至經一連串的減刑後出獄，而這些重刑犯出獄後再犯的機率頗高，陷入了一種死循環。”

國王思考了一下，決定反其道而行，藉口自己的手指被劃傷（此乃凶兆），下令加重服刑人員的刑罰。

此令一出，所有的死刑犯當日被處死，而30年以上刑期的罪犯則全上了死亡名單，只給予1至5天的緩衝時間。

從此，人民時刻關心國王的安危，生怕一個不小心，良民也成階下囚。

盼芙的時尚品味頗佳，總能搭配出最合宜的穿著，一幫富太太們老慫恿她開店。

"開什麼服飾店呦！"盼芙端起骨瓷咖啡杯小呡了一口，"我每天忙著享受生活都來不及，如果當起職業婦女，曉風第一個不依，他曾不止一次告訴我——家裡的錢三代都花不完，千萬別累著自己。"

說這段話時，盼芙無疑是幸福的，別的男人說"我負責養家，妳負責貌美如花"多半是謊言，但盼芙的老公做到了。

誰能想到信誓旦旦的人有朝一日也會被野花所吸引，並且嚴重到夜不歸宿。

“妳想怎樣？”盼芙的老公問，一點兒愧色也無。

“我想離婚！”

“妳可想好了，我倆是簽過婚前協議的，倘若離婚，妳只能拿走六百萬元。”

盼芙心想六百萬就六百萬，正好利用這筆錢開個服飾店，憑那批富太太們的消費能力，興許第一個月就能將本金賺回，於是果斷點頭。

離婚後，盼芙幹勁十足，一心撲在服飾店上，她甚至幻想以後開放加盟，把品牌做到上市，別一別前夫的苗頭。沒成想第一天開業，富太太們一個也沒到場，連禮貌性的花籃都沒送。

望著空蕩蕩的店面，盼芙的心拔涼拔涼的。

經過數回的天人交戰後，盼芙撥打趙太太的電話，鈴聲響了好幾聲，對方才接聽。

“盼芙，恭喜妳的第一家門店開張，祝妳事業興榮、發大財呀！”趙太太說。

“謝謝！”盼芙停頓了一下，“我以為妳今天會來。”

「忙，得接送孩子上下學。」

這個回答聽起來很敷衍，送孩子上下學並不需要一整天。

「現在是下午兩點，離放學時間還有一小段，妳何不到我的店裡看看，都是新貨呢！」

「改天吧！今天我嗓子疼，咳咳咳，不說了，省得嗓子更疼，拜了！」

盼芙喂了好幾聲才確定對方已掛機。

她不信邪，又一一聯繫其他富太太，得到的結果不是不接聽，就是傳來"電話暫時無法接通"的提示音。

「這麼一對比，趙太太還算有情有義。」盼芙苦笑著說。

（494）

以琴家境富裕，人長得美，腦子還靈光（後來考進了長春藤名校），可說是被上帝眷顧的人……

"以琴正和一位哈佛大學畢業的富三代交往，兩人極可能走入婚姻殿堂。"易蓉告訴水彤，她們是以琴的高中同學。

水彤很嫉妒，怎麼所有的好事都給了以琴？

"我還聽說……"易蓉壓低聲音，"以琴掛科嚴重，很可能會被學校退學。"

"真的假的？"水彤問。

"不清楚，反正流言是這麼傳的。"易蓉答。

這個流言後來傳得沸沸揚揚，可是事件的主人翁以琴卻從不辯解，水彤便認定她心虛——肯定是被退學了，所以才不辯解。

兩年後，以琴和富三代修成正果，據說婚禮上冠蓋雲集，連美國總統都出席了。

"富三代的眼睛瞎了不成？竟然娶一個被退學的女人。"水彤心想。

這個想法多少讓嫉妒者得到安慰，一個人總不能什麼都有，否則就太不公平了！

羅興堯第一次看到墨湖的湖水就愛上了，他叫來自己的三五好友，幾個人一合計，決定沿著墨湖蓋起別墅，等老的時候再一起回到這裡養老。

別墅蓋好後，為了防宵小入侵，羅興堯和朋友僱用當地人老莊當看守人，平常就是打理打理花園，偶爾開窗通風一下。誰也沒料到幾年未見，院子裡的草都有半人高，牆體也斑駁得不成樣子，而最讓人崩潰的是老莊已不認識他們。

"老莊，每個月我們都會固定給你打款，你怎麼就不認識我們了？"羅興堯問。

"我不能阻止別人給我打款，但打款不代表認識。"

羅興堯等人感覺不妙，上房管處一查，乖乖，房產全被盜賣。

經過兩年的訴訟，羅興堯和朋友才終於拿回房產。

"你們只是運氣好，再多給我幾個月的時間，一切都會不一樣。"老莊說。

事實擺在眼前，羅興堯和朋友都被一個鄉下人給騙了。這個教訓無疑是深刻的，誰說高智商犯罪難防？真正難防的是"看起來"智商不高的人，那會殺你一個措手不及！

（496）

  Arsht率領的遠征軍以驍勇善戰聞名，所到之處攻無不克，讓對手聞風喪膽，然而這樣紀律嚴明的隊伍裡竟然出現小偷，Arsht怒不可遏，下令讓隊長自查，否則提頭來見！

由於將軍在氣頭上，隊長甚至不敢問丟了什麼，這讓查案更加困難。

次日，隊長押著一位手裡捧著一隻松鼠的士兵來見將軍。

"我的東西在哪裡？" Arsht問士兵。

"將軍，您得問這隻松鼠，是它偷走了您的東西。"士兵答。

"你怎麼知道是這隻松鼠偷走了我的東西？"

"因為我能聽得懂松鼠的語言，這隻松鼠說是它偷走了您的東西。"

將軍並沒有進一步追問失竊物件在哪裡，而是下令處死松鼠。

回到營帳裡的將軍來回踱步，其實他什麼東西都沒丟，而是以此來測試隊長的反應（如果隊長隨便找了個士兵當替罪羊，代表他會為了自身利益不擇手段，反之則說明這個人起碼算得上耿直）。誰能想到隊長會不按理出牌，竟然找了隻松鼠來背鍋。

思前想後，將軍還是找了個藉口處死隊長，因為這麼絕頂聰明的高手，他可駕馭不了，與其被頂替，不如先下手為強……

（497）

巴勃羅被鳳凰國的國家足球隊聘為主教練，第一次集訓便讓他受到很大的衝擊，因為球員的體能完全跟不上，精神還散漫，很難想像這是從為數眾多的競爭者中所選拔出來的精英。

為了提升球隊的戰鬥力，巴勃羅很快制定出一套規矩來，可惜他的一腔熱血卻遇冷，僱用他的足協要他差不多得了，別太較真。

“我不懂，難道你們不想打入亞洲盃，甚至世界盃？”巴勃羅問。

「能打入當然好，但也不能超之過急，反正來日方長。」足協派來的代表對他說。

巴勃羅並沒有把這段對話放在心上，依舊雷厲風行，甚至還開除了兩個狀態特別不好的球員。這一次，足協不得不打開天窗說亮話。

「鳳凰國是個集權國家，也只有罵罵爛泥扶不上牆的足球隊可以稍微排解一下心中苦悶，你可別剝奪了這項樂趣。」足協代表說。

「我不明白，既然如此，何必花高價僱用我？」

「你想想，連花高價也救不了，還有比這個更值得捱罵的嗎？」

幾個月後，巴勃羅的合約到期，鳳凰國足協並沒有做出續約的決定，而是改僱他人，聽說新教練曾帶出亞洲盃冠軍，所以要價翻了兩翻……

（498）

丁巖朋為了撐起一個家，每天早出晚歸，即使被領導罵成了孫子也不敢回嘴，因為一家老小還指望他的薪水度日。

本來這種生活也算差強人意，壓垮駱駝的最後"兩"根稻草是丁巖朋的父親患癌，而小兒子又查出智力低下，很可能一輩子都照顧不好自己……

寫完遺書後，丁巖朋從二十多層的高樓一躍而下，血濺得到處都是。

丁巖朋死了之後，可憐的是丁太太，她被迫扛起所有的爛攤子……

十多年過去後，丁太太和一家老小還活著，如果當年丁巖朋沒自殺，情況應該會比現在好。說到底，還是女人的韌性強（這句話有個前提，那就是當男人甩擔子不挑時，女人的韌性才會彰顯出來，否則永遠只是隱性能力）。

（499）

少年王金銀到大城市討生活，由於初來乍到，對什麼都不熟悉，很快就面臨斷糧的危險。此時，一位年輕女士給了他20元，有了這筆錢，少年得以回到故鄉。

十多年過去後，王金銀已經成年，某日，他興起尋人的念頭。

記者聽說這個暖心的故事後，決定幫王金銀尋找恩人。通過互聯網的力量，當年的女士很快被找到，她叫許夢嬌，現在已是一名中年婦女。

然而會面的情景與想像中不同，甚至說得上尷尬，好比王金銀抱怨當年給的20元根本不夠花……

“當時我身上只有20元，全給你了。”許夢嬌說。

“就因為付不出5元車資，最後的十公里山路我不得不徒行，妳知道這對一個孩子來說有多危險嗎？”

此時的記者坐不住了，他提醒王金銀：“當年許女士幫你是情份，不幫是本份。”

“錯了，許女士幫我是本份，有哪個母親會把未成年的兒子帶到大城市又讓他獨自回家？”王金銀答。

（５００）

廖長冬的生命中有一個惡魔緊緊相隨，對他的一舉一動和任何決定指手劃腳，廖長冬對此很是苦惱。

某天，他忍無可忍，坐下來和惡魔談判。

"這事沒得商量，除非我死。" 惡魔說。

廖長冬是個善良的人，連走路都小心避開螞蟻，怎麼可能殺了惡魔？

思來想去，只有逃出去才能得到解脫，於是他趁惡魔睡著時，偷偷背起行囊溜出去，直奔火車站。

到了火車站，站務員告訴他今日火車因故皆未能出發，如果趕時間，不妨改乘長途大巴。

廖長冬正要去大巴站時，耳朵裡響起了聲音：〝趕緊退票去，你的錢是大風颳來的嗎？〞

於是廖長冬立即上窗口退票。

到了大巴站，他發現今日的票都已售罄，能買到的最早班是明天早上六點鐘出發的。

此時，廖長冬耳中的聲音又響起：〝趕緊搶下，免得又沒票。還有，在大巴站附近找家便宜的旅館住下，記得設鬧鐘。〞

廖長冬照做。

次日，鬧鐘響了，他立刻爬起，發現時間顯示6:oo am。

〝你傻啊！六點出發的大巴，五點就得起床做準備。〞耳裡的聲音三度響起。

〝現在怎麼辦？〞他問。

〝看能不能退票，不能的話，那可糟了，你身上的錢所剩不多。〞

沒錯，還未離開這個鬼地方就已經花掉五、六百元（如果票退不了的話），到了大城市，豈不更慘？

思前想後，廖長冬決定回家去，反正有沒有惡魔已經沒什麼差別，因為她的聲音老在耳邊縈繞，揮之不去。

作者介紹

在異國的背景下加入纏綿悱惻的愛情故事是B杜小說的一大特點，她的文筆清新、筆觸詼諧、畫面感很強，讀完小說有種看完一部愛情偶像劇的感覺，特別適合懷春少女及對愛情有憧憬的女性閱讀。

另外，B杜還創作了系列小說（馬力歷險記、極短篇故事集、巫覡店等），歡迎關注。

ALSO BY B杜

《B杜极短篇故事集 (401～500)》（简体
字版）A Word to the Wise (Tales 401～500
in simplified Chinese characters)

***

《法蘭西情人》Love in France

《東瀛之愛》Love in Japan

《新西蘭之戀》Love in New Zealand

《英倫玫瑰》Love in England

《愛在暹羅》Love in Thailand

《情定布拉格》Love in Prague

《獅城情緣》Love in Singapore

《愛上比佛利》Love in Beverly Hills

《夢回楓葉國》Love in Canada

《早安，歐巴》Love in Korea

《我在蘇黎世等風也等你》Love in Switzerland

《迪拜公主的秘密情人》Love in Dubai

《馬力歷險記 1 之地球軸心》The Adventures of Ma Li (1) : The Time Axis

《馬力歷險記 2 之黃金國》The Adventures of Ma Li (2) : Eldorado

《馬力歷險記 3 之可可島寶藏》The Adventures of Ma Li (3) : The Treasure of Cocos Island

《B杜極短篇故事集 (1～100)》A Word to the Wise (Tales 1～100)

www.ingramcontent.com/pod-product-compliance
Lightning Source LLC
Chambersburg PA
CBHW030752190726
48285CB00003B/826